STILLE NACHT, EISIGE NACHT

Ellen Balsewitsch-Oldach
Dirk-Uwe Becker

STILLE NACHT, EISIGE NACHT

Kurze Geschichten für lange Nächte

elbaol verlag hamburg

Impressum

© 2024 bei den Autoren

Rechte für diese Ausgabe:
elbaol verlag hamburg
ellen balsewitsch-oldach
Jungfernstieg 10, 25704 Meldorf
www.elbaol-verlag-hamburg.de

Publikation, Druck, Fertigung und Distribution:
tredition GmbH, Heinz-Beusen-Stieg 5, 22926 Ahrensburg,
Deutschland

im Auftrag des elbaol verlag hamburg und der Autoren
(zu erreichen über den Verlag)

ISBN 978-3-384-40498-5
EUR 10,00

Inhalt

Vorwort

Winterzeit, Advent und Weihnachten – jedes Jahr wieder inspirieren diese Wochen viele Autorinnen und Autoren, darüber zu schreiben.

Diesem Sog konnten sich auch auch die beiden Autoren dieser Anthologie nicht entziehen, zumal es immer wieder Aufrufe von Verlagen, Zeitschriften und Zeitungen gibt, jahreszeitlich Passendes einzusenden.

Dieser Band enthält 22 Geschichten, die seit 2012 irgendwo – verstreut in verschiedenen Medien – schon einmal veröffentlicht wurden, aber mittlerweile wohl in Vergessenheit geraten sind.

Hier nun liegen sie erstmals in gesammelter Form vor.

Im November 2024   *Ellen Balsewitsch-Oldach*
Dirk-Uwe Becker

Ellen Balsewitsch-Oldach

Weihnachten mit Tante Dörte

24. Dezember. Lena werkelte nachmittags in der Küche und freute sich auf ihre Söhne: Christian, Hendrik und Michael, alle in den Zwanzigern und längst aus dem Haus, wollten zum Heiligabend-Essen kommen und bis zum Frühstück am ersten Weihnachtstag bleiben. Weniger freute sich Lena auf den üblichen Besuch von Dörte, einer Tante ihres Mannes. Tante Dörte, hoch in den Achtzigern, betrachtete sich als Oberhaupt der Familie und zu jedem Anlass ...

Die Türklingel schreckte Lena aus ihren Gedanken – sicher Dieter mit den letzten Einkäufen aus der Stadt. Sie öffnete die Haustür.

„Ich dachte schon, du machst gar nicht mehr auf!" Tante Dörte, vermummt in Jacke und Schal, blickte Lena vorwurfsvoll an. Zu ihren Füßen eine Kaskade bunter Geschenktüten. Hinter Tante Dörte tauchte Dieter auf, beladen mit Lebensmittel-Kiste und Tante Dörtes Reisetasche.

Ihre Geschenktüten ignorierend trat Tante Dörte in den Flur. „Na, das war vielleicht ein Glück, dass ich Dieter im Supermarkt getroffen habe! Da konnte er mich erst nach Hause fahren und gleich mit hierher nehmen." Drei Stunden zu früh, dachte Lena verzweifelt.

Während sie Tante Dörte aus der Jacke half, verfrachtete Dieter seine Last in die Küche und sammelte die Papiertaschen ein. Tante Dörte erklomm die Treppe ins Obergeschoss und riss sofort die Tür zu Christians ehemaligem Kinderzimmer auf. Lena folgte ihr mit der Reisetasche. „Ich hatte mir eigentlich gedacht, dass du in Hendriks Zimmer schläfst – dann können die beiden Jungs sich das größere teilen", wandte sie ein. „Lena! Du weißt doch, wie sehr ich die Aussicht hier liebe! Und wann hab ich die denn sonst schon? Außer einmal im Jahr zu Weihnachten ladet ihr mich ja nicht ein! Ach, sieh nur, wie schön der Schnee auf den Tannen im Garten glitzert!" Genau so schön, wie auf der Tanne vor deinem Wohnzimmerfenster, konterte Lena in Gedanken. Aber die Schlacht um Christians Zimmer hatte Tante Dörte natürlich gewonnen. „Dann kümmere ich mich mal um die Geschenke", meinte sie selbstzufrieden und stapfte wieder hinunter.

Dieter hatte Tante Dörtes Tüten schon auf einem Beistelltisch im Wohnzimmer arrangiert. Aber Tante Dörte runzelte die Stirn, als sie den Raum betrat. „Lena!", rief sie inquisitorisch, „wo ist der Baum? Steht er etwa noch immer auf der Terrasse? Dann wird's aber Zeit! Das dauert doch, so einen Baum anständig zu schmücken!" „Ähm – die Jungs und wir waren uns einig, dass wir in diesem Jahr keinen Weihnachtsb..." „Papperlapapp!" Tante Dörtes Augen funkelten. „Zu Weihnachten gehört ein Baum! Was denkst du, wie enttäuscht die Jungs sein werden!" „Aber, Tante Dörte, die sind erwachsen und finden Weihnachtsbäume komplett spießig!" „Und Dieter? Hast du mal einen Augenblick an Dieter gedacht? Der war immer total verrückt nach seinem Weihnachtsbaum, jedes Jahr gab's Tränen, wenn er abgeschmückt und an den Straßenrand gestellt werden sollte. DIETER! Dieter, wir wollen los – noch schnell einen Weihnachtsbaum holen! Falls es jetzt überhaupt noch etwas Vernünftiges gibt!" Ein vernichtender Blick traf Lena, die fassungslos zusah, wie Dieter – der sich schon seit Jahren gegen Weihnachten mit einem „nadelnden Monstrum" ausgesprochen hatte – gehorsam seine Jacke anzog und nach den Autoschlüsseln griff. Aber Tante Dörte hatte Dieter ja schon immer besonders gut unter Wind gehabt.

„Na, dann komme ich vielleicht wenigstens dazu, das Weihnachtsmenü vorzubereiten", murmelte Lena resigniert. Das hatte Tante Dörte natürlich gehört. „Was? Du hast den Kartoffelsalat noch nicht fertig? Aber Kartoffelsalat macht man *immer* einen Tag vorher – der muss doch ordentlich durchziehen! Und ein paar Würstchen aufwärmen ist doch keine große Mühe." „Nein, Tante Dörte, in diesem Jahr wollten wir das Festessen auf Heiligabend vorverlegen, weil die Jungs schon am ersten Feiertag wieder los müssen und nicht bis Mittag bleiben können. Deshalb wollte ich heute Ente mit Rotkohl machen – du liebst doch Ente", beendete Lena den Satz etwas heuchlerisch.

Tante Dörte schnaubte. „Aber die Kinder *wollen* ihren Kartoffelsalat mit Würstchen zu Heiligabend. Und Dieter auch. Dieses Essen gehört einfach dazu. Wenn du dich beeilst und die Pellkartoffeln gleich aufsetzt, bekommst du sie sogar noch kalt. Wenn wir zurück sind, zeige ich dir, wie man das macht und wie man den Salat auch in kürzerer Zeit schön durchziehen lassen kann. Komm, Dieter.“

Dieter hatte sich inzwischen mit Blick auf Lenas Gesichtsausdruck daran erinnert, dass er mit ihr immerhin weiter zusammenleben würde, während Tante Dörte schon am nächsten Tag wieder weg wäre. „Nein, Tante Dörte“, sagte er, während er seine Jacke wieder auszog. „Keinen Baum und keinen Kartoffelsalat! Lena und ich und die Jungs haben es halt dieses Jahr anders geplant. Die Jungs waren froh, auch einmal wie Erwachsene feiern zu können und nicht wie die ewig Achtjährigen. Und schließlich geht es doch darum, *dass* wir zusammen sind und nicht darum, dass es immer auf genau dieselbe Weise sein muss.“ Entschlossen legte er auch die Autoschlüssel wieder an ihren Platz.

„Dann hättet ihr mir ja gleich sagen können, dass ihr mich nicht mehr dabei haben wollt“, jammerte Tante Dörte nach einem Augenblick fassungslosen Schweigens. „Dieter, ruf mir ein Taxi – das Telefon bezahle ich dir natürlich.“ Hoheitsvoll stampfte sie die Treppe hinauf und warf die Tür hinter sich zu. Lena wollte ihr hinterher eilen, aber Dieter hielt sie zurück. „Hat gar keinen Zweck", sagte er kopfschüttelnd, „lass sie sich erst mal fangen, später kann man vielleicht wieder vernünftig mit ihr reden."

Schulterzuckend verschwand Lena in die Küche, zu Ente und Rotkohl. Kurz darauf trafen die Jungs ein und stürmten den Esstisch im Wohnzimmer, den ein paar Tannenzweige mit echten Zapfen schmückten. „Wo steckt denn Tante Dörte?", fragte Hendrik. „Ja, also ...", begann Dieter verlegen, als im Obergeschoss eine Tür quietschte, unbeholfene Schritte die Treppe herunter polterten und Tante Dörte mit offenen Armen auf die Jungs zuging. „Mein Krischan! Mein Hendrik! Mein Michi!" Herzliche Umarmungen. „Verdient habt ihr es ja nicht – so selten, wie ihr euch bei mir meldet", drohte Tante Dörte mit erhobenem Zeigefinger, „aber der Weihnachtsmann hat euch trotzdem etwas mitgebracht." Feierlich überreichte sie jedem eine der bunten Tüten, die die Jungs im Handumdrehen plünderten. Lena hielt den Atem an. Mussten die drei sich jetzt krampfhaft für Geschenke bedanken, mit denen sie überhaupt nichts anfangen konnten? Aber offenbar hatte ein Weihnachtsengel Tante Dörte die Hand geführt – sie hatte jedem einen ansehnlichen Geldbetrag zusammen mit ein paar Süßigkeiten in die Tüte gepackt und die Freude der Jungs war echt.

„Aber, Tante Dörte", grinste jetzt Christian, „Bescherung ist doch sonst immer erst *nach* dem Essen?" „Ach, mein Junge", antwortete Tante Dörte im Brustton der Überzeugung, „schließlich geht es doch darum, dass wir zusammen sind und nicht darum, dass es immer auf genau dieselbe Weise sein muss." Etwas steif nickte sie Dieter zu. Lena traute ihren Ohren kaum. „Aber dass sich *alle* dabei wohl fühlen, ist doch wohl auch wichtig", begehrte Tante Dörte auf, „und ich brauche eben meine Weihnachtsstimmung!" Aus einem Leinenbeutel an ihrem Handgelenk nestelte sie ein ganzes Orchester musizierender Erzgebirgs-Engelchen und verteilte sie mit zufriedenem Gesichtsausdruck zwischen den Tannenzweigen auf dem Tisch.

Dirk-Uwe Becker

Das letzte Mahl

Liebe macht blind. Daran musste Anna gerade denken, als sie sich selbst eine vertrauensselige Närrin schimpfte. Anna hatte an Herberts Geschichte von den Überstunden im vorweihnachtlichen Bürostress nicht gezweifelt, die ihn seit gut zwei Monaten angeblich veranlasst hatten, immer später nach Hause zu kommen. Aber dann hatte am Vormittag eine ihr unbekannte weiblichen Person angerufen: Sie möge doch bitte zur Sushi-Bar in der Ost-West-Straße kommen, wenn sie wissen wolle, was ihr Mann so treibe, wenn er eigentlich im Büro sein sollte. Zwar war ihr Herberts Hang zu amourösen Abenteuern nicht unbekannt und sie erinnerte sich etlicher Anlässe gesellschaftlicher und privater Art, bei denen sich Herbert in stark alkoholisiertem Zustand an jüngeren Frauen zu schaffen machte, was nicht immer in beiderseitigem Einverständnis geschah und dann zum Eklat führte. Von einigen Bekannten und Veranstaltern wurden sie deshalb auch nicht mehr eingeladen. Aber das war auch alles gewesen, was sie ihrem Mann in all den Jahren ihrer Ehe hätte vorwerfen können. Der Umstand, dass diese Frauenstimme so eindringlich und hektisch geklungen hatte, veranlasste Anna, es nicht als üblen Telefonscherz aufzufassen. Es wird nichts Schlimmes sein, dachte sie. Wahrscheinlich hat

Herbert wieder einen über den Durst getrunken und ist irgendeinem weiblichen Gast dieses Lokals gegenüber zu aufdringlich geworden. Anna schnappte sich ihre Autoschlüssel, um ihren nicht mehr nüchternen Mann nach Hause zu holen und sich bei den weiblichen Gästen des Lokals gegebenenfalls zu entschuldigen.

An dem Bartresen, auf dem die Lichterkette eines Plastik-Weihnachtsbaums seine bunten Lichteffekte verstreute, stopfte Herbert mit seinen dicken Fingern einem ausgesprochen schönen Exemplar von Frau, wie Anna neidlos anerkennen musste, gerade zwei Fischhappen in den Mund. „Und die Austern danach als Aphrodisiakum für unsere ‚Nachspielzeit‘, gleich im Hotel. Du weißt, Schnucki, meine Frau erwartet mich gegen zwanzig Uhr zum weihnachtlichen Abendessen. Dies ist zudem ein besonderer Tag, denn an Heiligabend haben Anna und ich uns kennengelernt – du siehst, da *muss* ich zu Hause sein! Lieber würde ich mit dir aber ..." Herbert ließ den Rest des Satzes unbeendet. Sein weibliches Gegenüber würgte die Fischhappen hinunter und verdrehte dabei leicht genervt die Augen.

Dies war anscheinend nicht die erste Zusammenkunft der beiden. Das sah Anna sofort. Sie hatte sich unbemerkt von ihrem Mann ins Lokal geschlichen und an einem Einzeltisch hinter einer Säule Platz genommen. Von hier aus konnte sie die zwei gut beobachten, ohne selbst gesehen zu

werden. „Von Austern wird mir immer so schlecht!", sagte das junge Gift in hautengem Kostüm mit Ausschnitt bis zum Bauchnabel gerade, als der Kellner vor ihnen die Schüssel mit den Meeresfrüchten hinstellte. Diese Stimme! Das war sie, die unbekannte Anruferin vom Vormittag. „Und ich hätte heute eh keine Zeit fürs Hotel, weil Heiligabend ist und meine Mutter ..." Sie ließ den Satz unvollendet. „Aber nach den Feiertagen ...", versuchte Herbert ihr eine Zusage abzuringen. „Meine Frau will zwischen den Tagen zu ihrem Bruder nach Nürnberg. Ich habe gesagt, ich kann nicht mit, zu viel Arbeit im Büro! Und eigentlich ...", hier zögerte Herbert etwas, „... eigentlich wollte ich es dir sagen, wenn wir unter uns sind. Ich werde mich scheiden lassen. Das Vermögen meiner Frau ist inzwischen aufgebraucht und ich will mit dieser fetten Schachtel nicht noch länger das Bett teilen müssen, sondern lieber mit so etwas Erfrischendem wie dir!" Herbert strahlte das Mädchen an. Doch ihr schien es irgendwie unangenehm zu sein, denn sie zog ihren Arm aus Herberts fleischiger Hand. „Vielleicht", meinte sie und blickte etwas gelangweilt zur Uhr über dem Tresen. „Vielleicht können wir uns ja die nächsten Tage noch einmal treffen und das alles in Ruhe besprechen. Aber nun muss ich los!"
Anna saß wie versteinert an ihrem Tisch hinter der Säule. Hatte sie das eben richtig mitbekommen? Herbert wollte sich von ihr scheiden lassen?

Das Vermögen, das *sie* mit in die Ehe gebracht hatte, war im Laufe der Jahre für Herberts kostspielige Liebhabereien – schnelle und vor allem teure Autos und den Kauf einer renovierungsbedürftigen Nobel-Villa – aufgebraucht worden. Herbert meinte, man müsse eben repräsentieren, wenn man oben in der feinen Gesellschaft mitspielen wolle. So gesehen war von ihrem Erbvermögen nicht mehr viel übrig. Der Ehevertrag sah vor, dass im Falle einer Scheidung Herbert das inzwischen renovierte und schuldenfreie Haus bekommen würde und sie das Barvermögen, das aber meist immer um den Nullpunkt herum schwappte, weil Herbert es mit vollen Händen auszugeben verstand. Zorn stieg in ihr hoch. So leicht würde sie es diesem miesen Sack nicht machen. Für ihn hatte sie ihre Universitätskarriere aufgegeben und ihm trotz seiner Allüren stets die Treue gehalten. Jetzt war ihr auch klar, weshalb Herbert nie Kinder, aber sie trotzdem als Heimchen am Herd haben wollte. Auf die Straße gesetzt zu werden oder sich durch ein „erfrischendes Etwas" austauschen zu lassen, das würde sie zu verhindern wissen! So vorsichtig, wie sie gekommen war, schlich Anna wieder aus dem Lokal. Zum Glück waren die Kellner zu beschäftigt gewesen, um an Annas Tisch zu kommen und nach ihren Wünschen zu fragen. Sie hatte keinen anderen Wunsch, als diesen Ort so schnell wie möglich zu verlassen.

Bis zum versprochenen Festtagsmenü hatte sie gut fünf bis sechs Stunden Zeit. Das sollte reichen. Herbert liebte Fisch, in allen Variationen. Dann sollte er heute Abend auch Fisch bekommen. Was fand dieses Luder von Barbie-Puppe eigentlich an so einem Mann wie Herbert, mit beginnender Glatze und einem sich deutlich vorwölbenden Bauch? Als Anna ihn kennen- und lieben gelernt hatte, sah er bedeutend attraktiver aus. Aber das war jetzt über zwanzig Jahre her. Egal. Wo die Liebe (oder die Begierde, wie sie sich insgeheim dachte, zumindest was Herbert anbetraf) hinfiel, da waren rationale Erwägungen außer Kraft gesetzt. Vielleicht erhoffte sich seine Sekretärin – denn dass sie es war, hatte Anna dem belauschten Gespräch entnehmen können – ja durch Herberts gute Kontakte eine Aufstiegschance in die Leitungsebene der Firma. Aber alle diese Gedanken, denen sie sich später auch noch widmen konnte, durften jetzt ihren eigentlichen Plan nicht gefährden.

Anna kannte in der Nähe einen japanischen Gourmet-Koch, der auf Fugu spezialisiert war. Wie sie unter der Hand erfahren hatte, führte er verbotener Weise Fugu aus Japan nach Deutschland ein, um ihn hier nach einem von ihm geheim gehaltenen Rezept in eine kulinarische Köstlichkeit zu verwandeln, für die er unter Seinesgleichen berühmt war. Zwar waren die Zubereitung und der Verzehr von Fugu, dem sogenannten Kugelfisch, in Deutschland verboten, aber für Liebhaber dieser mörderisch guten Meeresfrucht gab es immer Mittel und Wege, ihrer besonderen Gaumenfreude zu frönen. Deshalb würde sie ihr erster Weg zu diesem Koch führen.

„Hallo Schatz – wo steckst du?" Herberts Stimme hallte durch den Flur. „In der Küche. Das Essen ist gleich fertig, Liebling!", flötete Anna zurück. Als sie mit der festlich dekorierten Fischplatte das Speisezimmer betrat, saß Herbert schon mit umgehängter Serviette erwartungsfreudig am Tisch. Vor ihm lag ein kleines, in Geschenkpapier eingewickeltes Päckchen. „Für dich, zum Weihnachtsfest. Alles Liebe und Gute!", sagte Herbert feierlich und überreichte Anna das Geschenk. „Von mir bekommst du dieses Fischmenü", sagte Anna und schob sein Geschenk beiseite. „Willst du gar nicht wissen, was es ist?", fragte Herbert leicht enttäuscht. „Doch, später, mein Schatz. Jetzt wird erst einmal gegessen." Anna reichte ihm die Fischplatte. „Oh, Fugu!" Herberts Augen glänzten, als er den roh und in hauchdünnen Scheiben servierten Fisch sah. Er steckte sich gleich drei Scheiben übereinandergelegt in den Mund, nachdem er sie zuvor mit Sojasauce benetzt hatte. „Guten Appetit, auf dass es dir bekommt! Ich habe mir heute mal so richtig Mühe gegeben, etwas Besonderes für dich zu kochen!" Anna griff zu dem Lachs auf ihrer Seite der Platte. „Der Fugu ist nur für dich!", fügte sie noch hinzu, bevor sie herzhaft in den Lachs biss.

Es hatte etwas länger gedauert, als Anna eigentlich geplant hatte. Sie war eben noch nicht so geübt in der Dosierung. Tetrodotoxin ist ein starkes Nervengift aus den Innereien des Kugelfisches. Für Anna stellte es eine nicht unerhebliche Befriedigung dar, dass dieses Gift auch aus den Eierstöcken des Fisches gewonnen wird. Das Gift des Weibes hat ihm den Tod gebracht – ein passender Gedanke, wie Anna fand. „Da das Gift nur auf die Körpernerven und nicht auf das Gehirn wirkt, werden die Opfer vollständig gelähmt und können sich weder bewegen noch sprechen, bleiben aber bei Bewusstsein", hatte sie im Internet weiter gelesen. Herbert saß völlig steif am Tisch und starrte Anna aus vorquellenden Augen an. „Dass du mir das antun musstest, nach all den Jahren!", hielt Anna ihm vor. Herbert sagte nichts dazu. Seine Augen quollen noch mehr heraus. „Du hast wohl geglaubt, ich würde es nicht merken, wie?" Genüsslich schob sich Anna ein Stück Makrele auf ihren Teller. Sie hatte richtig Hunger bekommen. „Ich habe euch gesehen, deine Sekretärin und dich, heute Mittag im Restaurant", sagte sie und goss sich ein Glas Weißwein ein, um dann fortzufahren: „Klar, ich bin im Laufe der Jahre auch nicht schöner geworden. Etwas stämmiger vielleicht und etwas gewichtiger. Aber ich habe dich immer von Herzen geliebt, trotz deiner – na ja, sagen wir mal – Handgreiflichkeiten gegenüber schönen Frauen, wenn du zu viel getrunken hast. Und auch als du einem Kugelfisch immer ähnlicher wurdest." Hier musste Anna kichern. „Was für eine Ironie, dass du jetzt durch einen Kugelfisch aus meinem Leben scheidest!" Mit einem lauten Platschen war Herbert vom Stuhl gerutscht und lag nun mit hochrotem Kopf und verrenkt auf dem Boden. Anna stand auf und beugte sich über ihn. „Aber dass du dich von mir scheiden lassen willst, mir, der ‚fetten alten Schachtel', und ich dann auf der Straße sitze, weil du mein Vermögen durchgebracht hast, das verzeihe ich dir nicht!" Nachdem sie alles gesagt hatte, von dem es ihr wichtig erschien, dass Herbert es in seinen letzten Minuten noch hörte, entschied Anna, dass es nun an der Zeit sei, den Hausarzt zu verständigen. Vorher musste sie jedoch noch die Reste von Herberts Essen in der Toilette entsorgen. In einem Bericht über die japanische Küche, insbesondere zur Delikatesse Fugu, hatte sie gelesen, dass die Opfer an Atemstillstand und folgender Erstickung oder aber an Herzstillstand sterben. Wie gut, dass ihr Hausarzt nur die deutsche Küche liebte. Anna griff zum Telefonhörer, um endlich den letzten Akt ihrer Beziehung mit Herbert einzuläuten.

„Herzstillstand, wahrscheinlich ein Infarkt", konstatierte der Hausarzt, nachdem er Herbert untersucht hatte. „Ihr Mann war ja nicht mehr so gesund, mit seinem Übergewicht und dem Bypass, den er vor zwei Jahren bekommen hat. Ich habe ihn immer gewarnt, er solle mehr auf sich aufpassen und gesünder leben. Nicht immer diese fetten Sachen!", bemerkte er mit einem Blick auf die halbleere Platte mit Lachs, Makrele und Butterfisch. „Es tut mir aufrichtig leid für Sie. Mein herzliches Mitgefühl!" Der Arzt verabschiedete sich. Natürlicher Tod, hatte er gesagt. Anna stieß einen Seufzer der Erleichterung aus. Vielleicht würde sie morgen, am ersten Weihnachtstag und dem ersten von ganz vielen Tagen, an denen sie nicht mehr darauf warten musste, dass ihr Mann nach Hause kam, in das japanische Fischrestaurant gehen. Sollte sie Glück haben, würde ihr der japanische Meisterkoch die Stahltüre im Keller des Hauses öffnen und sie in das kleine Reich einladen, in dem der Fugu König ist. Der Fisch, dem Menschen bedingungslos ihr Leben anvertrauen – so wie Herbert es getan hatte.

Ellen Balsewitsch-Oldach

Advent ...

„Advent – Advent, adveniat ... er, sie, es möge kommen ... wer oder was ... möge kommen ...“ Ziellos liefen Gudruns Gedanken, während sie aus dem Fenster starrte. Die tief stehende Sonne fiel durch die winterlich kahle Hecke am Rande des Gartens und zeichnete bizarre Muster in den rötlichen Schnee vor der Panoramascheibe. Drinnen an der Heizung döste Justus in seinem Körbchen. Auf dem Sofa, im Halbdunkel des Wohnzimmers, zeichneten sich die Umrisse Herberts ab wie ein dunkles Gebirge. Regelmäßiges, schleimiges Schnarchen zeigte, dass die drei Flaschen Weizenbier, die er zum Mittagessen (nach den vier zum „Frühschoppen“ genossenen Pils) getrunken hatte, und die zwei Obstler danach ihren Tribut forderten. „Adveniat dies ... möge der Tag kommen ...“, konjugierte die Stimme in Gudruns Kopf.

Das Schnarchen endete mit einem vernehmlichen Rülpsen. „Oh nein – nicht schon jetzt“, schoss es Gudrun durch den Kopf. Das Gebirge auf dem Sofa geriet in Bewegung. Ein klebriges Schmatzen ließ den Geschmack nach Halbverdautem und das pappige Gefühl auf Herberts Zunge hörbar werden. „Was, schon halb vier?“ Er setzte sich auf und zog unkoordiniert am Schalter der Stehlampe. Das Licht warf harte Schatten in seinem Gesicht und verschärfte grotesk seine Züge. Er kniff die Augen zusammen. In dieser Beleuchtung erinnerten seine Tränensäcke an verschrumpelte Hoden. Erneutes Schmatzen, begleitet vom Beben der Hängebacken. Wie gelähmt lehnte Gudrun in ihrem Sessel. Beklemmend, mit welcher Regelmäßigkeit das Sonntagsritual ablief. Justus drehte sich in seinem Korb, gähnte und sprang heraus. Schwanzwedelnd stand er vor Gudrun und sah sie aus braunen Rauhaardackelaugen an. „Ist ja gut, Justus, wir gehen gleich Gassi." Sie stand auf. Der Hund schoss zur Haustür und winselte mit berechnender Ungeduld. „Aber mach mir noch einen Kaffee, bevor du mit dem Hund gehst", grunzte Herbert, „und stell mir ein paar Plätzchen raus." Gudrun machte den Kaffee und stellte einen Teller mit Plätzchen auf den Tisch. „Angebrannt!", grollte Herbert. „Ja, ein Blech ist halt ein bisschen braun geworden, aber nicht alle." Gudrun flüchtete in den Flur, griff sich Justus' Leine und schlüpfte in den Mantel. Die Haustür fiel hinter ihr ins Schloss.

Befreit lief sie den Wohnweg entlang, über die Hauptstraße hinweg und auf den Feldweg Richtung Wäldchen. Justus, in schiefem Galopp, hielt kaum Schritt. An der Abzweigung zum Wald stand ein Mann in der Dämmerung. Als er Frau und Hund kommen sah, ging er langsam auf das Wäldchen zu – und versteckte sich, wo die Bäume das letzte Tageslicht verschluckten. Bald hatte Gudrun die Stelle erreicht. Unvermittelt trat der Mann hervor. Gudrun warf sich in seine Arme.

Nach einer Weile setzen beide ihren Weg gemeinsam fort, bis sie wieder vor Gudruns Haus standen. „Komm doch noch mit rein, auf einen Glühwein, Herbert trinkt bestimmt gern einen zur Gesellschaft mit!" Ungewollt bekam Gudruns Stimme einen bitteren Unterton. „Ja, wenn du meinst!" Der Mann vom Wäldchen kraulte Justus den Nacken. „Na, Sportsfreund, war ein schöner, langer Marsch heute, was?" Gudrun hatte die Haustür aufgeschlossen. „Herbert", rief sie ins Wohnzimmer, „ich habe unterwegs Dr. Hausmann getroffen und auf einen Glühwein mitgebracht!" Keine Antwort. „Herbert, aufwachen, Besuch zum Glühwein – ich habe Dr. Hausmann im Schlepptau!" Nichts. Gudrun trat ins Wohnzimmer. „Herbert", mahnte sie tadelnd. „Herbert?", hauchte sie fragend. „Herbert!" schrie sie entsetzt. Justus war herein getrippelt und witterte zu dem Gebirgsmassiv auf dem Sofa hinüber. Dann ließ er sich auf die Hinterbeine fallen und – heulte die Zimmerdecke an. Dr. Hausmann kam herein. Augenblicklich hatte er die Situation erfasst. Mit Riesenschritten stürmte er zum Sofa und sah in Herberts verquollenes, blaurotes Gesicht mit den aufgerissenen Augen. Hausmann fühlte den Puls, prüfte Atmung und Reflexe. Er wandte sich zu Gudrun um, die wie erstarrt daneben stand und auf ihren Mann starrte. „Und?", fragte sie tonlos. „Wir ... wir können nichts mehr für ihn tun", sagte Dr. Hausmann leise, „er ist tot."

„Oh ...“ Gudrun seufzte. Dann ließ sie sich in ihren Sessel fallen. „Oh!“, wiederholte sie. Hausmann kniete sich neben sie und nahm ihre Hand. „Mädchen, ich werde tun, was ich kann ... bitte bleib jetzt ruhig in diesem Sessel sitzen und rühre dich nicht von der Stelle, bis ich mit meinem Koffer wieder da bin – es dauert höchstens zehn Minuten!“ Gudrun schloss die Augen. Im Hinausgehen griff sich Dr. Hausmann den Teller mit den restlichen Plätzchen.

Kurze Zeit später war alles vorbei. Die gerichtliche Untersuchung hatte ergeben, dass Herbert Kröger – hochgradig allergisch gegen Haselnüsse – am anaphylaktischen Schock gestorben war, wie Hausarzt Dr. Hausmann es schon bescheinigt hatte. Entgegen der ausdrücklichen Warnung seiner Frau hatte Herbert offenbar von den für eine Freundin bestimmten Nussecken gegessen.
„Und ich habe ihn noch so gewarnt“, hatte Gudrun bei ihrer Aussage geschluchzt, „ich hatte ihm genau gesagt, aus welcher Dose er keinesfalls etwas essen dürfe! Wenn Marianne nicht meine älteste Freundin und so versessen auf meine Nussecken wäre, hätten wir ja auch nicht einen Krümel dieser furchtbaren Dinger im Haus gehabt!“. Das Gericht erkannte auf (häuslichen) Unfall mit Todesfolge. Die Akte wurde geschlossen.

„Stell dir vor“, Dr. Hausmann schmiegte seine Wange an Gudruns Gesicht, „in einem Jahr können wir vielleicht schon das eine oder andere Stündchen zu Weihnachten gemeinsam hier in deinem Wohnzimmer verbringen! Wenn du zum Beispiel über die Festtage schwer erkrankst? Dann kann meine Frau kaum etwas gegen einen Notfallbesuch einwenden!" Unwirsch machte Gudrun sich los. „Was soll das? Ist es das, weswegen du mich sehen wolltest? Ich habe dir gesagt, es ist aus! Seit Herberts Tod ist alles anders. Ich will das nicht mehr – gestohlene Stunden beim Hundespaziergang, getürkte Patientenbesuche bei mir, der ewig Kranken. Ich brauchte dich, um es in dieser Ehe auszuhalten – und du brauchtest mich, um deinem Leben etwas Aufregung zu geben. *Meine* Probleme haben sich erledigt. Und du wirst eine Andere finden. Deine Patientinnen liegen dir ja eh zu Füßen. Ich werde dieses Haus verkaufen. Ich habe mein Traumhaus schon gefunden – direkt an der See, mit Meerblick ... hab schon den Vertrag gemacht, in einer Woche wird es frei, dann fange ich mit dem Umzug an."

„Nein!" Ungläubig durchforschte Hausmann Gudruns Gesicht, Quadratzentimeter für Quadratzentimeter. „Nein!" Dann lachte er. „Vergiss es", murmelte er sanft und zog sie an sich. „Vergiss es." Gudrun stutzte. „Was heißt hier, vergiss es? Ich bin dir nichts schuldig!"

„Ich weiß nicht ...", Hausmann strich durch Gudruns Haar. „Ich habe neulich den Teller mit den restlichen Plätzchen mitgenommen, weißt du, am

Abend als Herbert diesen ... bedauerlichen Unfall hatte. Ich denke mir, dass es die Staatsanwaltschaft schon interessiert, wenn der behandelnde Hausarzt sich daran erinnert, dass sich auf dem Teller, den die liebende Gattin ihrem schwer allergischen Herrn Gemahl zum Kaffee kredenzt hatte, ein paar restliche Plätzchen befanden, die er zunächst sichergestellt und später leider vergessen hat – die aber nachträglich auf seinem Gewissen liegen und die er bittet, auf Haselnussmehl zu untersuchen.“

„Du spinnst!“ Gudrun riss sich los und lachte – etwas zu schrill. „Das glaube ich erst, wenn ich dein ‚Beweisstück‘ gesehen habe – Herbert lässt doch keine Plätzchen übrig!!!“

„Dann komm!“ Hausmann fasste sie um die Schultern und bugsierte sie zum Hof, wo er seinen Wagen abgestellt hatte. Triumphierend öffnete er den Kofferraum und nestelte einen mit Folie überspannten Porzellanteller aus einer Plastiktüte. „Siehst du, wie gut, dass ich an alles gedacht habe“, raunte er zärtlich in Gudruns Haar, indem er sie wieder an sich zog. „Ich wollte heute doch gern wissen, woran ich mit dir bin, nach deiner etwas hastigen Erklärung, dass wir uns ‚erst mal‘ nicht sehen sollten, und der Tatsache, dass du mit Justus seitdem immer nur öffentliche, beleuchtete und schrecklich belebte Wege gehst ... “

„Tatsächlich“, flüsterte Gudrun entsetzt und starrte auf das Geschirr, „er hat ihn wirklich – den teuren Meißner Teller, den ich so vermisst habe!“

Dann wandte sie sich um und lachte Hausmann ins Gesicht. „Ja, Herr Doktor, fein gemacht! Es ist schön, dass man sich auf euch Männer immer verlassen kann. Lass doch diese Plätzchen ruhig untersuchen! Nichts als Mandeln, gestrenger Herr – dafür bürge ich!!!" Theatralisch schlug sie sich mit Faust auf die Brust und schritt gelassen zurück zur Haustür. Einmal noch drehte sie sich um. Hausmann stand da, sprachlos, mit dem Teller in der Hand. Sie schüttelte den Kopf und verschwand im Innern des Hauses. Hausmann hörte, wie von innen abgeschlossen wurde. Allerdings hörte er nicht, was Gudrun zu Justus sagte, als der ihr entgegen kam, um nachzusehen, wo sein Frauchen blieb: „Ach, Justus, Herrchen ist sich wirklich bis zum letzten Augenblick treu geblieben – ich sehe förmlich, wie er mit seinen Knubbelfingern den gesamten Teller umgepflügt hat, um nur die *hellen* Plätzchen zu erwischen – die dafür aber schnell und bis zum letzten Krümel!"

Dirk-Uwe Becker

Xmas-Feeling

Robert schob den Einkaufswagen zielstrebig durch die Gänge. Er wusste, was er wollte. Es sollte am Wochenende eine schöne Paella mit portugiesischem Rotwein und einem Oliven-Artischocken-Salat geben. Der Gedanke daran ließ Robert das Wasser im Munde zusammenlaufen. Bis er um die Ecke bog und sein Mund mit einem Male austrocknete, er schlucken musste und sich ein heiseres Krächzen aus seiner Kehle rang: „Was ist denn das?!"

Genau vis-à-vis von Robert befand sich ein großer Verkaufstisch mit Zimtsternen, Lebkuchenherzen, Spekulatius, Glitzerengeln, Weihnachtspyramiden, Tannenbaumkugeln und verschiedenfarbigem Lametta. Über allem prangte ein riesiges Schild: ‚Greifen Sie zu, solange der Vorrat reicht. Es sind nur noch 85 Tage bis Weihnachten.'

Robert rechnete nach, es stimmte. „Oh, du fröhliche ...", bekam er gerade noch heraus, bevor ihm schwindelig wurde und er sich am Einkaufswagen abstützen musste. Wie kann das sein, dachte er. Da liegt bestimmt ein Missverständnis vor. Es war gerade erst Herbstanfang. Eine Verkäuferin schob mit einer neuen Palette Weihnachtssupersonderzugreif-Angeboten um die Ecke. „Gute Dame", sagte Robert, „äh – das ist doch wohl eine Falschlieferung. Weihnachtsartikel schon Anfang Oktober." Die Verkäuferin blickte Robert erstaunt an. „Nein, mein Herr. Das ist Teil der neuen Marketingstrategie unseres Hauses – schneller als die Konkurrenz zu sein und dabei die Bedürfnisse unserer Kunden immer im Auge zu haben." Roberts Magen wollte zeitgleich mit seiner Zunge antworten. „Meine Bedürfnisse? Kennen Sie meine Bedürfnisse?" Zum Glück hatte sich Roberts Magen dem Prioritätsrecht der Zunge gebeugt und war wieder schmollend im Oberbauch verschwunden. „Wir haben Herbst, gute Frau, und ich träume von einem goldenen Oktober und bunt gefärbten Blättern an den Bäumen und einem Erntefest und Kindern, die auf dem Stoppelacker Drachen in den Himmel steigen lassen. Aber nicht von Schnee oder weißbärtigen Männern oder geflügelten dickbäuchigen Putten!" Letzteres schrie Robert der irritierten Verkäuferin fast ins Gesicht. „Sie müssen es ja nicht kaufen!", gab die Verkäuferin schnippisch zurück und begann damit, einen zweiten Verkaufstisch mit den Weihnachtsangeboten zu dekorieren. Nun versuchte Roberts Galle, an der Zunge vorbei und ebenfalls mit ins Gespräch zu gelangen. Dies misslang nur, weil Roberts Zunge bereits zum nächsten Frontalangriff angesetzt hatte. „Wer ist hier der Chef? Und wo?" Die Verkäuferin antwortete ohne aufzusehen: „Im Büro, hinter dem Regal mit den Wunderkerzen und Silvesterartikeln." Es dauerte eine Weile, bis Robert die hintersinnige Tragweite ihrer Worte begriff. „Silvesterartikel, Wunderkerzen?" Nun versagte Roberts Stimme endgültig, und auch Magen und Galle war es zu viel.

Leicht schwankend tastete sich Robert durch die Regalreihen, bis er das Büro gefunden hatte. Ohne anzuklopfen trat er ein. Ein junger Mann im Designeranzug blickte ärgerlich hoch. „Können Sie nicht …" „Nein, kann ich nicht!", kam Roberts Antwort prompt. „Ich will mich beschweren. Sie haben jetzt schon, Anfang Oktober, Weihnachts-, und wie ich eben hören musste, auch Silvesterartikel in Ihrem Angebot!" „Stimmt!", sagte der junge Mann. „Neue Marketingstrategie. Schneller als …" „… als die Konkurrenz und immer an meinen Bedürfnissen orientiert. Ich weiß", fiel ihm Robert ins Wort. „Aber weder Weihnachts- noch Silvesterartikel zählen zu dieser Jahreszeit zu meinen Bedürfnissen. Wissen Sie eigentlich, dass Sie mit Ihrer Marketingstrategie mein jahreszeitliches Gefühl mit Füßen treten, es sozusagen vergewaltigen?" Der Verkaufsleiter brach in Lachen aus. „Ihr jahreszeitliches Gefühl? Vergewaltigen? – Guter Mann, wenn unsere Kundschaft so etwas nicht haben wollte, dann hätten wir diese Dinge auch nicht im Angebot. Und jetzt entschuldigen Sie mich bitte, ich muss die Osterkollektion durchsehen und in die Marketingstrategie terminlich einbinden."

Mit einem Gefühl, als wäre er nicht mehr Teil dieser Welt, sondern in irgendein Paralleluniversum verschlagen worden, verließ Robert das Büro. An der Kasse musste er hinter einer Schlange von Zimtsternenthusiasten und Glitzerengelfetischisten anstehen. Auf dem Heimweg sah er in den Fonds der Fahrzeuge und in den Auslagen der Geschäfte Weihnachtsartikel über Weihnachtsartikel. Die Concierge in seinem Mietwohnungsblock begrüßte ihn freudig mit: „Wissen Sie schon, Herr Koller, in 85 Tagen ist Weihnachten!" Robert schaffte die vier Treppen bis zu seiner Wohnung gerade noch, dann hatten Galle und Magen sich endlich in einer konzertierten Aktion über den Widerstand der Zunge hinweggesetzt und ihre Abneigung gegen das weihnachtliche Getue in die Toilette ergossen.

Seit diesem Tag mied Robert Supermärkte und Einkaufszentren. Er ließ sich das Essen vom Roten Kreuz bringen und verbrachte die Tage damit, Kalenderblatt um Kalenderblatt auf die Kerzen einer defekten Weihnachtspyramide zu pinnen, die er unter den Hinterlassenschaften seiner verstorbenen Mutter auf dem Dachboden entdeckt hatte. Der Tag der Entzückung rückte immer näher. Robert glaubte, beim Blick aus dem Fenster auf den Straßen von Tag zu Tag mehr Weihnachtsmänner und Christkinder zu sehen. Das heilige Fest ist eine patriarchalische Vergewaltigung der Frau, kam es ihm dabei in den Sinn. Es gibt keine Weihnachtsfrauen, Engel sind ungeschlechtliche Pu-t-en (er sprach es absichtlich mit nur einem „t" aus), und im Himmel regiert ein alter Mann mit Bart. Was den Frauen von all' dieser Weihnachts-„herr"lichkeit bleibt, ist die Verantwortung für ein sauber geputztes Haus, ein anständiges mehrgängiges Festessen und das Aufstellen und Abarbeiten der Geschenkeliste. Vielleicht hat sich Gott aus diesen Gründen überlegt, als Mann in den Urknall hinein geboren zu werden.

Zum ersten Advent begann alle Welt damit, Häuser, Wohnungen und Gärten weihnachtlich zu schmücken, die Bäume und Sträucher mit Lichterketten zu garnieren und die Fenster mit Weihnachtspyramiden vollzumüllen. Robert hatte da seinen eigenen Plan, wie er mit dieser Gefühlsvergewaltigung umgehen wollte. Vom Haus gegenüber sprang ihm schon seit Tagen ein riesiger Plastikweihnachtsmann an einer Lichterkette ins Auge. Aus diesem Grunde ließ Robert aus seinem Fenster einen gut ein Meter fünfzig großen Styroporhasen baumeln, dessen weißer Plastikschwanz rhythmisch blinkte und der „Häschen in der Grube, sitzt und lacht!" sang. In seine Balkonkästen hatte er Tannenzweige gesteckt, die mit bunt bemalten Ostereiern behängt waren. Alle Fensterscheiben seiner Wohnung waren mit österlichen Motiven verziert. Auf dem Balkon hatte er einen Lautsprecher installiert, der fortwährend „Alle Vögel sind schon da, alle Vögel, alle" von sich gab. Jedes Mal, wenn er jetzt zum Einkaufen ging, zwängte sich Robert in ein altes Osterhasenkostüm. Die Fragen der Mitmenschen, insbesondere des Kaufhauspersonals, beantwortete er immer mit: „Marketingstrategie. Weihnachten war, Ostern kommt!"

Ellen Balsewitsch-Oldach

Das letzte Geschenk

Aber dieses Jahr schenkst du mir den Pelzmantel, ja, Liebling?"
Yvonne fuhr sich durch die platinblonde Mähne und sah Fabian beschwörend an. Ihre Finger mit den langen künstlichen Nägeln glitten unter die Aufschläge seiner Anzugjacke. Fabian wäre am liebsten zurückgewichen, als ihr Schmollmund mit den gemalten Konturen und der perlmutt-schimmernden Farbschicht sich seinem Gesicht näherte. Welchen Reiz hatte er an ihr, an der nichts Natürliches mehr war, früher nur gefunden? Und was – außer seinem Einkommen und dem nicht unbeträchtlichen Vermögen – schätzte Yvonne eigentlich an ihm? Ihm graute davor, das Weihnachtsfest allein mit dieser Frau zu verbringen, die einer Barbie-Puppe mittlerweile ähnlicher war als einem menschlichen Wesen.
„Mal sehen", sagte er mechanisch, machte sich los und wischte sich das Gefühl ihres klebrigen Kusses von der Wange. „Ich muss los, die Patienten warten!" Ein alter Scherz – Fabian arbeitete als Chefpathologe am Rechtsmedizinischen Institut.
Yvonne kicherte, den Kopf neckisch zur Seite gelegt. Mit den Fingern ihrer rechten Hand deutete sie ein Winken an und hauchte ihm ein übertrieben zärtliches „Tschauiiieee" hinterher.

Fabian hetzte den Gartenweg hinunter zu seinem Wagen. Es war schon spät und er hatte tatsächlich einen Termin im Institut. Auf der Höhe der Rhododendren wäre er beinahe gestürzt – ein Schatten aus zottigem Fell schoss aus den Büschen heraus und umklammerte kreischend Fabians Hosenbein. Zwanzig scharfe Krallen und vier spitze Eckzähne drangen erbarmungslos durch den Wollstoff in Fabians Unterschenkel.

„Charlie! Du Mistvieh!" Fluchend löste er Pfote für Pfote von seinem Knöchel und hielt das Bündel am Nacken gepackt vor sich hin. „Du Untier – wann wirst du dich endlich benehmen wie eine normale Katze?!" Fabian schüttelte das strampelnde Geschöpf, das jetzt zu sich kam und nur noch kläglich mauzte. Wütend warf er den grauen Perserkater in den Schnee. Mit einem starren Blick aus gelben Augen duckte Charlie sich wieder unter die Büsche. Fabian untersuchte seine Wade. Im Institut musste er die Schrammen sofort desinfizieren. Die Hose hatte zum Glück nur wenig abbekommen. Verstimmt stieg er ins Auto.

Charlie, dachte Fabian, Charlie war auch ein Weihnachtsgeschenk gewesen. Yvonne hatte so lange geschmeichelt, bis er das Katzenbaby bei der Züchterin gekauft und in einem Geschenkkarton mit Luftlöchern und einer großen Seidenschleife unter den Weihnachtsbaum gelegt hatte. Damals schon war ihm klar, dass Yvonnes Wunsch keineswegs ihrer besonderen Liebe zu lebendigen Wesen entsprungen war, sondern der neiderregenden Tatsache, dass ihre Freundin sich eine kostspielige Perserkatze mit Stammbaum angeschafft hatte. Doch damals glaubte Fabian noch, das flauschige Geschöpf könne in Yvonne vielleicht etwas Zuneigung und Wärme wecken. Aber es kam anders. Von dem Augenblick an, als Charlie aus dem Karton geklettert war, gab es nicht einen friedlichen Moment. Für seine Rasse ungewöhnlich lebhaft und mobil, zerwühlte er Yvonnes sorgsam gebügelte Seidenunterwäsche im Schrank und zerkaute genussvoll ihre Kaschmirpullover. Er versuchte, die zarten Designergardinen im Wohnzimmer hinaufzuklettern, die – natürlich – unter seinem Gewicht zerrissen. Vom obersten Bord des Wohnzimmerschranks sprang er der ahnungslos vorbei gehenden Yvonne in den Nacken. Im Grunde tat er nichts anderes als jedes Katzenkind in seinem Alter. Aber Yvonne hatte keinerlei Verständnis für sein Wesen. Anfangs beklagte sie sich jeden Abend über Charlies neueste Missetaten, später beantwortete sie Fabians Fragen nach dem Kater nur noch mit einem unwilligen Schulterzucken. Besonders ungern erinnerte sich Fabian an den Abend, als Charlie verschwunden war. Nach Stunden entdeckte er ihn – ganz hinten unter dem Bett im Gästezimmer, das Fell klatschnass. Yvonne behauptete standhaft, es sei nichts Besonderes vorgefallen. Schließlich aber gestand sie – angesichts der tiefen Schrammen an ihren Armen – den misslungenen Versuch, Charlie in der Badewanne zu ertränken. „Den ganzen Tag hat er mich nur angestarrt – oh Mann, ist mir das auf die Nerven gegangen!", kommentierte sie unwillig ihr Tun.

Eigentlich war es ganz logisch, überlegte Fabian, dass Charlie sich zu einem hochneurotischen Hausgenossen entwickelt hatte. In der letzten Zeit hielten sie ihn fast nur noch im Garten, denn seine Überfälle, früher ein Spiel, nahmen immer gefährlichere Formen an – ganz abgesehen davon, dass er nicht aufhörte, seine Geschäfte mit Vorliebe im Wohn- und Schlafbereich zu verrichten, denn immer wieder gelang es ihm, sich dort einzuschleichen. Ansonsten saß er meist nur lethargisch herum und ließ keinerlei Lebensfreude erkennen. Trotzdem hatte Fabian sich bisher nicht durchringen können, den unglückseligen Kater einschläfern zu lassen. Irgendwie empfand er Achtung vor dem eigenwilligen Lebewesen.

Am Abend kehrte Fabian erschöpft nach Hause zurück. Yvonne öffnete ihm die Tür und begrüßte ihn überschwänglich. Sofort hatte er das Gefühl, dass etwas nicht stimmte. „Was ist los?", fragte er barsch. Groß und unschuldsvoll sahen ihn Yvonnes blaue Augen an. „Nichts, Liebling, wieso?" Fabians Unbehagen nahm zu. „Irgend etwas ist doch wieder?" Yvonne wandte sich ab, ein bisschen zu schnell. Und ein bisschen zu leise kam ihr ausweichendes Nein. Es war genau die Art von Katz- und Maus-Spiel, die in letzter Zeit immer häufiger vorgekommen war, zum Beispiel als Yvonne auf seine Rechnung heimlich eine sündhaft teure Vitrine für ihre Sammeltässchen gekauft oder ihren Sportwagen bei einem waghalsigen Überholmanöver zu Schrott gefahren hatte. Bisher war Yvonne nach einigem Hin und Her noch immer mit der Sprache herausgerückt. Heute aber – Yvonne war nicht zu bewegen, etwas zu sagen. Langsam wurde Fabian ärgerlich. Vor ihm saß das personifizierte schlechte Gewissen, wurde immer blasser, behauptete aber steif und fest, es sei alles in bester Ordnung. Fabian hielt die Situation nicht mehr aus, er musste an die Luft. Heftig riss er die Terrassentür auf und trat hinaus in die Dunkelheit – auf etwas Weiches, Regloses. Er beugte sich hinunter und fühlte zottiges Fell. Mit kundigen Händen tastete er das Bündel ab. Charlies Genick war gebrochen.

Als Fabian sich wieder umwandte und ins Wohnzimmer trat, war sein Gesicht weiß vor Zorn. *„WAS IST PASSIERT?!"* Mit einem trockenen Schluchzen schlug sich Yvonne die Hand vor den Mund. „Es war ein Unfall", jammerte sie, „bitte glaub mir ..."

„Warum denkst du, ich könnte dir nicht glauben? Noch hast du mir ja gar nicht erzählt, was geschehen ist!"

Yvonne blickte zu Boden. „Ich wollte ... ich habe ...", stammelte sie, immer noch auf den Teppich starrend, „also, ich bin ins Auto gestiegen und losgefahren ... und Charlie ist mir genau unter die Räder – !

„Und du hast ihn natürlich nicht gesehen – oder konntest du einfach nicht mehr bremsen?"

„Nein, also ... ich meine, ich musste zurücksetzen – und wie kann ich da sehen, dass ... und überhaupt – ich bin froh, dass dieses Biest mit seinen gelben Augen endlich tot ist!" Aufsässig wie eine Dreijährige starrte Yvonne ihn plötzlich an. Fabian fühlte sich wie gelähmt. Charlie, von einem Porsche Boxster überrollt – trotzdem keine Quetschung keine gebrochene Rippe, nur ein glatter Genickbruch?

Aber eigentlich war es ihm auch egal, ob und wo in all diesen Widersprüchen irgend ein Körnchen Wahrheit lag. Er spürte nur noch eins: Er war am Ende – am Ende mit seiner Geduld Yvonne gegenüber, am Ende mit dieser Beziehung, in der es immer weniger Lebendigkeit und Aufrichtigkeit gab und in der Yvonnes Gefühle nur noch von materiellen Werten bestimmt wurden. Weihnachten – wie sollte er dieses Fest zusammen mit Yvonne überstehen? „Lass es gut sein", sagte er müde und verließ den Raum.

Schließlich war der 24. Dezember herangekommen. Yvonne hatte den Weihnachtsbaum im Wohnzimmer schon am Abend vorher mit einer glitzernden Pracht aus Schleifen und Kugeln im aktuellen Himmelblau überladen.

Erstaunt sah sie Fabian in seinen Mantel schlüpfen. „Ich muss heute noch ins Institut – zwei entscheidende Obduktionen", murmelte er abwesend. Dann sah er sie an. „Aber damit dir der Tag nicht so lang wird, liegt unter dem Weihnachtsbaum schon ein Paket für dich." Er griff nach seinem Aktenkoffer, streifte Yvonnes dargebotene Wange mit einem flüchtigen Kuss und war verschwunden.

Kaum war die Haustür ins Schloss gefallen, hastete Yvonne zum Weihnachtsbaum. Hatte sie Fabian tatsächlich dazu gebracht, ihr den größten Wunsch ihres Lebens zu erfüllen? Das Paket hatte zumindest das passende Format! Mit fahrigen Fingern riss sie das Geschenkpapier vom Karton und entfernte den Deckel. Der Inhalt war noch einmal in Papier eingeschlagen, obenauf ein Brief. „ERST LESEN!" stand in großen Buchstaben darauf. Ungeduldig nestelte sie den Briefbogen aus dem Umschlag.

„Yvonne", las sie dort in Fabians großzügiger Handschrift, „hier hast du nun, was du dir am meisten wünschst, aber – es ist auch das letzte Geschenk, das du von mir bekommen wirst. Ich komme aus dem Institut nicht zurück, ich werde überhaupt nicht mehr zurückkommen. Ich kann mit dir nicht mehr zusammen leben.

Mein Geschenk wird dich vielleicht überraschen – ich hoffe aber, dass du es eindrucksvoller findest

als den Sportwagen, die Luxuskreuzfahrt und all das andere in den vergangenen Jahren ..."
Verwirrt warf Yvonne den Brief zur Seite und wühlte sich durch die Verpackung. Ihre Finger griffen in den weichen Pelz eines voluminösen Mantels. Für einen Moment vergaß sie Fabians Abschiedsworte. Sie warf sich die schmeichelnde Hülle über die Schultern und lief zur Garderobe.
Reglos stand sie vor dem großen Spiegel. Der Mantel umfloss ihre schlanke Gestalt flauschig und silbergrau. Er gab ihr das Aussehen einer Prinzessin.
Aber ihre Augen sahen nur den Mantelkragen:
Auf der rechten Seite bedeckte ein bauschiger Schwanz zwei herunterbaumelnde Hinterpfoten. Auf der linken Seite starrten sie zwischen den Vorderpfoten hindurch aus einem grauen, pelzigen Gesicht zwei gelbe Augen an – mit dem gleichen unergründlichen Ausdruck wie früher.

Dirk-Uwe Becker

Desiderata

Sonntag, 1. Advent

Schnee stürmt durch die Straßen. Ich habe die Vorhänge zugezogen, zu der inneren Kälte brauche ich nicht noch die äußere. Im Ofen glimmen Kohlen schwach vor sich hin. Vielleicht sollte ich neue aus dem Keller holen. Aber auf dem Weg dorthin würde ich erfrieren. Ein schriller Ton, der mich aus meinen Gedanken reißt. Ich dachte zuerst, es wäre Doris, die wieder einmal nach mir ruft. Dann ein Zischen. Der Wasserkessel in der Küche. Für den Tee. Doris würde nie zischen. Sie liegt schon seit Tagen im Bett und kränkelt. Ihre Stimme jedoch ist ungebrochen und erreicht mich überall in der Wohnung. Ruhe gäbe es nur draußen, dort, wo der Schnee sich in wildem Tanz übt. Die Lust in mir steigt, mich seiner wilden Jagd anzuschließen. Aber ich tue es nicht, weil der Wasserkessel bereits Doris' keifenden Tonfall angenommen hat und die Kohlen im Keller immer noch auf mich warten.

Sonntag, 2. Advent

Sonne lässt Raureif auf den Wagendächern glitzern. Aus den Mündern der durch die Straße hastenden Menschen entfleuchen Dampfwolken wie bei einer Tenderlokomotive. Das erinnert mich daran, die Kohlen unbedingt noch vor dem Dunkelwerden aus dem Keller zu holen und im Ofen nachzulegen. Doris mochte nie Blumen vor den Fenstern. Eisblumen würden ihr bestimmt auch nicht gefallen. Der Tee ist alle und ich habe keine Lust, mich hinaus in die Kälte zu wagen. Deshalb gibt es Kaffee. In den Tiefen der Küchenschränke habe ich eine angerostete Dose mit dunklem Pulver gefunden, das sich über die Jahre jenes unvergleichliche Aroma bewahrt hat. Der Atem von Doris geht unruhig, reicht aber immer noch, um ihre Wünsche lautstark bis ins Treppenhaus zu schleudern. Kein Entkommen.

Sonntag, 3. Advent

Wenn ich in die Eisschicht am Wohnzimmerfenster ein Loch kratze und hindurchblicke, starre ich in ein Meer aus Weihnachtspyramiden und bunten Lichterketten. Ich erinnere mich. Das Fest, ja. Wir haben noch keinen Tannenbaum. Dazu müsste ich hinaus in die Kälte und auf den Weihnachtsmarkt. Wir haben auch keinen Baumständer. Dazu müsste ich hinaus in die Kälte und in den Supermarkt. Das will ich alles nicht. Es muss auch anders gehen. Diesmal. Ich habe auf Doris' Nachttisch eine elektrische Kerze gestellt, die rot flackert und ihrem bleichen Gesicht etwas Farbe gibt. Ihr bereits leiser gewordenes Krächzen deute ich als zustimmenden Dank. Inzwischen reicht es, wenn ich die Schlafzimmer- und die Flurtüre schließe, um in meinem Arbeitszimmer Entspannung in der Stille finden zu können.

Sonntag, 4. Advent

Der Kühlschrank ist fast leer. Eine eingetrocknete Bratwurst teilt sich den Platz mit drei schimmeligen Scheiben Graubrot und einem aufgewellten Käsepäckchen. Ich habe alles in die grüne Tonne gegeben. Doris stöhnt. Ich beuge mich über sie und höre ein Grummeln unter der Bettdecke. Doris hat Hunger. Die Bratwurst, die Graubrotscheiben und das Käsepäckchen hole ich aus der grünen Tonne zurück. So schlecht sehen sie nun doch nicht aus. Doris hat das Brot ohne Murren gegessen. Meine Finger verkrampften bei dem Versuch, ihr die ganze Zeit die Zähne auseinander zu drücken. Einmal schnappte ihr Gebiss zu, als ich ihr einen Happen in den Mund schieben wollte und verletzte mich am Ringfinger. Der Ring hängt jetzt immer noch zwischen ihren Zähnen. Essen ist wichtig.

Heiliger Abend – jetzt

Es will nicht dunkel werden. Die Lichterketten in den Fenstern und entlang der Straße brennen rund um die Uhr. Uns haben sie heute den Strom abgestellt. Die Kohlen sind auch alle. Vorgestern habe ich im Ofen ein Feuer mit allen Briefen gemacht, die sich in den letzten Wochen vor der Wohnungstür angesammelt haben. Ich kann keine

Briefe lesen. Schreiben kann ich auch nicht. Nur Doris, sie konnte beides. Seitdem sie im Bett liegt, aber auch nicht mehr. Ein paar Kerzenstummel auf dem Küchentisch sorgen für Wärme und Licht. Aus den aufgerollten Käsescheiben habe ich Sterne geschnitten und in den erfrorenen Feigenbaum gehängt. Tannen sind öde. Die hat jeder. Die alte Bratwurst hätte eine wunderschöne Baumspitze abgegeben. Nun ruht sie in Doris' Magen. Essen ist wichtiger als gut aussehen. Mit den Sachen aus Doris' Schmink- und Schmuckkoffer habe ich den Feigenbaum dekoriert. Lippenstifte, Mascara, Glitterstaub, goldfarbene Ketten, Ringe mit großen bunten Glassteinen, künstliche Fingernägel. Ich gehe ins Schlafzimmer und erzähle Doris davon. Stille. Kühle Stille. Auch die elektrische Flackerkerze gibt keinen Lichtschimmer mehr von sich. Tot. Alles tot. Die Sprache gefriert, wenn man den Mund aufmacht. Doris' letzte Worte habe ich heute morgen vor ihrem Bett mit der Kehrschaufel entfernt. Als ich in der Küche ankam, waren sie fast schon wieder flüssig. Sie versickern jetzt langsam im Abfluss der Spüle. Doris hat seitdem nicht mehr mit mir gesprochen.

Vierundzwanzig Uhr. Gleich beginnt der erste Weihnachtstag. Ich habe Doris ihr Geschenk gegeben. Ein Sonderangebot aus dem Supermarkt. Es lag seit Wochen versteckt im hintersten Teil des Küchenschrankes, dort, wo auch die Kaffeedose verborgen war. Doris hätte es nie gefunden. Eine Spruchsammlung auf gelblichem Papier, Kunstdruck, unter Glas gerahmt. Desiderata. Ja, ich glaube, es heißt so. Desiderata. Doris gefiel es damals, als wir uns noch nach draußen trauten und es nicht so kalt war. Bei jedem Supermarktbesuch hat sie einen neuen Spruch auswendig gelernt. Damit begleitete sie mich den ganzen Tag. Seit dieser Zeit beneide ich Gehörlose. Ihren Lieblingsspruch habe ich mit einem roten Filzer dick unterstrichen:

Gehe gelassen inmitten von Lärm und Hast und denke daran, welcher Frieden in der Stille sein mag.

Doris ist auf dem Weg. Ich gebe ihr eine Eisblume mit, die ich aus dem Fenster geschnitten habe. Sie wird sich ein paar Tage halten. Mittlerweile ist es im Schlafzimmer kälter als im Kühlschrank. Es werden bessere Zeiten kommen. Wärmere. Dann brauche ich mein Bier nicht mehr in Doris' Bett zu kühlen. Kohlen brauche ich auch nicht mehr aus dem Keller zu holen. Ich bleibe trotzdem. Doris' wegen. Wer weiß, was sie anstellt, wenn es wieder wärmer wird. Heute Abend bleibt es ruhig. Stille Nacht, heilige Nacht. Doris' Augen blicken starr auf die Zimmerdecke. Unbewegt wie die Flackerkerze. Keine Energie mehr. Ungewohnte Ruhe. Ich muss mich erst noch daran gewöhnen.

Ellen Balsewitsch-Oldach

Stille Nacht, eisige Nacht

Heiligabend war es kalt geworden. Brigitte hasste die spiegelnde Glätte, die sich auf den morgens noch nassen Bürgersteigen gebildet hatte. Wenn sie auf ihrem Weg zur Kirche jetzt stürzte und sich womöglich etwas brach, konnte sie Lothar nicht beim Aufstellen der unzähligen Kerzen helfen. Und die sollten doch heute Abend feierlich das Kirchenschiff erleuchten – beim ersten Weihnachtsgottesdienst in diesem Jahr. Und bis zum Glockenläuten waren es nur noch drei Stunden! Brigitte rutschte verbissen weiter, einen Fuß vor den anderen schiebend, bis sie endlich die Kirchentür erreicht hatte. Aufatmend umklammerte sie die Klinke und zog das schwere Portal auf. Gedämpftes Licht flutete ihr entgegen und die vertraute stickige Luft, in der heute sogar eine Spur von Wärme lag. Wegen des Winterwetters und der vielen Besucher beim Festgottesdienst hatte Lothar wohl die Heizung höher gestellt. Lothar ... er stand mit dem Rücken zu ihr im Altarraum, vor der riesigen, mit Strohsternen geschmückten Fichte, und bemühte sich, die Anschlüsse einiger elektrischer Lichterketten zu entwirren. Wie immer klopfte ihr Herz, als sie den Gang zwischen den Bankreihen hindurch auf ihn zu ging.

„Grüß dich, Lothar!" Brigitte biss sich auf die Lippen. Ihre Stimme hatte wieder einmal viel zu zärtlich geklungen. Lothar fuhr herum und ließ die Stecker fallen. „Brigitte! Schön, dass du da bist!“ Das Aufleuchten in seinen Augen machte Brigitte verlegen. Dennoch sah sie ihn unverwandt an. Sein schütteres Haar und das nicht sehr ausgeprägte Kinn im rosigen, immer etwas erstaunten Gesicht, seine freundliche, zugewandte Ausstrahlung, all das rührte sie heute besonders. Und auch Lothar hörte nicht auf sie anzustarren. Es war ihr peinlich. Von Anfang an hatte sie nicht verstanden, was er an ihr, ihrer hageren Gestalt und den grauen Haaren, die ständig um ihr knochiges Gesicht zottelten, anziehend finden konnte. Mit einiger Anstrengung löste sie ihre Augen aus der Umarmung seines Blicks.

„Also, wo soll ich anfangen?“ Betont geschäftig sah sie sich nach Kerzen und Haltern um. „Ach ja, die Lichter.“ Ernüchtert kehrte Lothar in die Wirklichkeit zurück. Er reichte ihr einen Karton mit weißen Tafelkerzen. Unwillkürlich berührten sich ihre Hände. Brigitte zuckte zurück. Nimm dich zusammen, sagte sie zu sich und lächelte gequält zu Lothar hinüber.

Lass es uns doch bitte endlich vergessen, sagte Brigittes Lächeln. Vergessen, wie du als neuer Gemeindepastor hierher gezogen bist und gefragt hast, ob von deinen Schäfchen jemand bereit sei, gelegentlich das Harmonium zu spielen. Lass uns vergessen, wie ich die ersten Stücke geübt habe und du mir dabei zugehört hast. Vergessen, wie stark sie von Anfang an war, die Anziehung zwischen dir und mir. Und vor allem lass uns vergessen, wie wir uns eines Tages in den Armen gelegen haben, als wir im Gemeindehaus ungestört waren. Aber *nicht* vergessen lass uns, wie wir uns hinterher geschworen haben, dass das *alles* bleiben müsse – weil weder deine Frau Elisabeth noch Matthias, mein Mann, solche Unredlichkeit von uns verdient haben.

Brigitte wandte sich ab. Und *ich* kann nicht vergessen, dachte sie verzweifelt, wie schwer es mir immer wieder wird, dieses Wort nicht zu brechen. „Wie geht es Elisabeth inzwischen?", fragte sie möglichst beiläufig. „Ich habe schon länger nicht mehr mit ihr gesprochen. Sind ihre Rückenschmerzen besser?"

„Doch, ja ", Lothar seufzte unterdrückt, „ich glaube, das Yoga-Training tut ihr wirklich gut. Zuerst fand ich es ja übertrieben, zweimal in der Woche – und dann auch noch diese Workshops übers Wochenende, aber jetzt … ich freue mich jeden Tag, wie viel leichter sie sich bewegt!" Brigitte nickte, während sie mit gleichmäßigen Bewegungen die Kerzen auf die Dorne der billigen, messingfarbenen Blechhalter spießte. „Ja, ich bin auch wieder ganz zufrieden. Als Matthias arbeitslos war und den ganzen Tag zu Hause saß, war ja nichts mit ihm anzufangen. Ewig seine schlechte Laune! Aber seit er als Vertreter für diesen Weinversand arbeitet, ist er wie ausgewechselt – obwohl er ja viel unterwegs sein muss."

Brigitte wurde still. In den Nächten, die sie allein verbrachte, sehnte sie sich oft nach Lothar. Unwillkürlich blickte sie zu ihm hinüber. Sein Gesichtsausdruck erschreckte sie. Konnte es sein, dass er ähnlich empfand? Abrupt wandte sie sich ab. Der Gedanke, dass sie beide vielleicht immer noch dieselben Gefühle quälten, ließ auch jetzt eine Welle aus Schmerz und Sehnsucht über ihr zusammenschlagen. Tränen schossen ihr in die Augen. Halb blind und mit fahrigen Fingern versuchte sie, die nächste Kerze aufzustecken.

Plötzlich wurde die Kirchentür aufgestoßen. „Doch, hier ist wer!" Ungebührlich laut hallte eine Stimme durch das Kirchenschiff. Vor Schreck glitt Brigitte der Blechhalter aus der Hand, fiel scheppernd zu Boden, kreiselte einige Male geräuschvoll um die eigene Achse, kam endlich zur Ruhe. Zwei Männer standen unschlüssig am Eingang, die Kragen hochgeschlagen, die Hände tief in den Taschen. Zur Gemeinde gehörten die nicht! Lothar war mit langen Schritten zur Tür geeilt und sprach die Besucher an. Der Ältere antwortete – und deutete auf eine Kirchenbank in der Nähe des Eingangs. Verwundert beobachtete Brigitte, wie Lothar sich setzte und ihr ein Zeichen machte, nicht hinüber zu kommen. Brigitte nickte – aber sie würde die Szene keinen Moment lang aus den Augen lassen! Der Ältere hatte neben Lothar Platz genommen. Einen Augenblick lang blickte er zu Boden und schwieg, dann holte er Luft und sprach auf Lothar ein. Brigitte konnte sein Murmeln hören, die Worte waren nicht zu verstehen. Besorgt beobachtete sie, wie Lothar hin und wieder einsilbig antwortete und immer blasser wurde. Zum Schluss hatte er das Gesicht in den Händen verborgen. Brigitte machte entschlossen ein paar Schritte auf die Gruppe zu, aber der Sprecher wehrte mit einer ungeduldigen Geste ab und legte Lothar drängend die Hand auf die Schulter. Gequält sah Lothar hoch, wies zögernd auf Brigitte und stand auf. Mit unsicheren Schritten ging er den Männern voran. Wie in einer Zeitlupenaufnahme kamen die drei Gestalten näher. Brigitte hielt den Atem an.

Endlich war Lothar bei ihr. Er nahm ihre Hand. Seine Finger fühlten sich eiskalt an, sein Gesicht war grau. „Brigitte, es ist so schrecklich – Elisabeth ist ... tot. Sie sagte vorhin, sie müsse noch einmal kurz ins Yoga-Studio, sie hätte dort etwas vergessen, aber das ...“ Lothar versagte die Stimme. Wieder schlug er die Hände vors Gesicht. Verstört musterte Brigitte die beiden Fremden.

„Sie sind Brigitte Hausmann?“

„Ja“, sagte sie tonlos. Lothar vergrub das Gesicht noch tiefer in den Händen.

„Kommissar Brandt, Polizei.“ Nur schemenhaft nahm Brigitte seinen Ausweis wahr. „Frau Hausmann, war Ihr Mann heute unterwegs? Auf einer

Außendiensttour nach Bremen?" - „Ja, ausgerechnet Heiligabend, aber was …?" Irritiert brach Brigitte ab. Der Kommissar antwortete nicht. Statt dessen stellte er unzählige Fragen: nach Matthias' Auto und vielen, anscheinend belanglosen Einzelheiten. Sie antwortete mechanisch, gleichsam ohne ihm oder sich selber richtig zuzuhören. Doch plötzlich bekamen die Worte des Kommissars für sie wieder einen Sinn, einen Sinn, der scharf in ihr Bewusstsein schnitt: „Dann gibt es leider keinen Zweifel, Frau Hausmann, Ihr Mann ist heute auf glatter Fahrbahn mit seinem Wagen ins Schleudern geraten und mit voller Wucht gegen einen Baum geprallt. Er war sofort tot." Verständnislos blickte Brigitte von einem zum anderen. „Matthias? Ich denke, Elisabeth – also Frau Schrader … ?" Im Kirchenschiff war es totenstill.

Zum ersten Mal sprach jetzt der jüngere Mann. Seine Stimme war hoch und sachlich. Die Worte klirrten in das Schweigen wie Eiswürfel in ein Glas: „Elisabeth Schrader und Matthias Hausmann waren gemeinsam mit dem Wagen von Herrn Hausmann unterwegs. Unsere Ermittlungen haben ergeben, dass sie aus dem Motel ‚Hanse' kamen, wo sie seit einigen Monaten als Stammgäste bekannt sind. Sie buchten immer sehr kurzfristig ein Zimmer – manchmal nur für ein paar Stunden …"

Dirk-Uwe Becker

Das Karussell

Sarah schlief unruhig. Der Tag war stressig verlaufen, sie hatte nur halb so viel geschafft, wie sie eigentlich wollte, und ihre Chefin kam auch noch mit der Nachricht, dass Sarah an Heiligabend eine Extra-Schicht einlegen müsse. Das würde bis Mitternacht dauern. Schon wieder sie! Warum war sie jedes Mal dran, wenn an Feiertagen irgendwelche Zusatzstunden anstanden?

Der Schlaf wollte sich nicht so recht einstellen. Sarahs Traumgedanken flogen kreuz und quer, in unmöglichen Kombinationen, und endeten meist damit, dass sie schweißnass mit einem Schrei aufwachte. Am liebsten würde sie ihrem Leben und den Albträumen für immer entfliehen, aber das war unmöglich, der Wecker würde sie am Morgen wieder gnadenlos in den Tag hinein rasseln. Immerhin – der Weihnachtsbaum war besorgt. Auch die Geschenke für die Kinder. Die Pute lag im Tiefkühlfach. Im Keller wartete die Weihnachtsdekoration auf die Erweckung aus einjährigem Tiefschlaf. Eigentlich alles gut. Sie schloss die Augen.

Es war dunkle Nacht. Ein verschneiter Hohlweg führte Sarah auf eine tief im Tal liegende Stadt zu. Die im Restlicht des Mondes glitzernden Schneedächer der Häuser standen in Kontrast zur tintigen Schwärze, die das Dorf einhüllte. Nein – doch! Da!

Ein kleiner heller Fleck, mittendrin. Sarahs Schritte wurden ausgreifender, bis sie den Weg hinunter ins Dorf im Laufschritt nahm und völlig außer Atem den Marktplatz erreichte. Wie im Märchen, dachte Sarah. Ein Kettenkarussell schwang im Klang von sphärischer Musik an diesem stillen und verlassenen Ort seine Gondeln durch die Luft. Die vielen bunten Lampen, die sich mit dem Karussell drehten, hoben mit ihren Regenbogenfarben stroboskopartig Teile der umstehenden Häuser aus der Dunkelheit. Plötzlich brach die Musik ab, das Karussell verlangsamte seine Fahrt, kam zum Stillstand.

„Meine Damen und Herren, steigen Sie ein! Nur heute fahren Sie zum halben Preis!" Sarah konnte nicht feststellen, woher die Stimme kam. Aber eine unbestimmte Kraft zog sie zum Karussell hinüber. Sie setzte sich in eine gelbe Gondel, die mit roten und blauen Sternen verziert war. Nachdem sie die Sicherheitskette vorgelegt hatte, setzte sich das Karussell wieder in Bewegung. Sarah war sich sicher, dass niemand außer ihr das Angebot der freundlichen Stimme angenommen hatte. Schneller und immer schneller drehte sich das Karussell und bald flog Sarah wie ein Vogel durch das Tintenschwarz der Nacht. Das Dorf, die Stadt oder was immer es war, es blieb unter ihr zurück, verschwand in der Finsternis und Sarah fiel in einen tiefen, traumlosen Schlaf.

„Haben Sie noch mehr davon?" Die Stimme des Mannes klang etwas gestresst. Einkaufen zur Stoß-zeit auf dem Weihnachtsmarkt war auch nicht im-mer das pure Vergnügen, zumal wenn niemand daheim auf einen wartete. Der Verkäufer blickte ihn über schwere Tränensäcke hinweg an. „Nein, tut mir leid! Nur dieses eine Stück. Steht schon seit Jahren bei mir herum. Habe es aus einer Haus-haltsauflösung übernommen." Der Mann drehte die Glaskugel mit dem mittig platzierten Ketten-karussell vorsichtig in der Hand. „Es bewegt sich", rief er irritiert. „Wenn ich es drehe, schwingen die kleinen Gondeln hin und her. Und sehen Sie!" Er reichte dem Verkäufer die Kugel zurück. „Sitzt da nicht jemand in einer der Gondeln – eine Frau?" Die Augen des Verkäufers schienen feucht zu schimmern. „Sie sind meines Wissens der erste, der das Karussell überhaupt zum Schwingen ge-bracht hat – interessant! Sehr interessant!" Vor-sichtig nahm der Kunde die Kugel wieder in Emp-fang und steckte sie in die Manteltasche. „Ich neh-me das Teil." Während der Verkäufer die Läden seines Standes schloss, meinte er, fast entschuldi-gend: „Es ist schon spät. Kommt eh niemand mehr vorbei. Wünsche Ihnen eine gute Nacht, mein Herr. Träumen Sie was Schönes!"

Ellen Balsewitsch-Oldach

Wandern wir …

„… wandern wir, wandern wir – durch die weite, weiße Welt …"

Die Melodie des Liedes geht ihr nicht aus dem Kopf, auch nicht diese eine Zeile, aber an den Anfang kann sie sich einfach nicht erinnern, während sie durch die Straßen geht und – ob sie will oder nicht – in die schimmernd erleuchteten Fenster der Vorstadt sieht.

Düfte nach den unterschiedlichsten Festessen begleiten sie auf ihrem Weg durch die Häuserzeilen, hinaus – über den zugigen Pfad am Feld, in den Wald, ins Dunkel, in die Nacht.

Ihr Kühlschrank ist in diesem Jahr leer geblieben, ihr Wohnzimmer kahl.

Wozu sich die Mühe eines Festmahls machen – für sie allein?

Wozu für ein paar Tage alles mit Flitter behängen, der Gefühle hervorrufen oder gar ersetzen soll? Gefühle, die begraben sind unter dem drückenden Gewicht der vergangenen Jahre.

Besser, sie geht.

Sie geht und geht. In der Finsternis unter den Tannen muss sie sich ihren Weg ertasten. Ihre Füße sind so schwer. Plötzlich knirscht es unter ihren Sohlen und ihre Tritte hinterlassen Spuren in zartem Weiß – sie hat nicht bemerkt, dass es seit einiger Zeit schneit. Der Weg vor ihr wird heller und heller.

„Es ist für uns eine Zeit angekommen, die bringt uns eine große Freud' ...", fällt ihr jetzt der Anfang des Liedes wieder ein. Freude ...?

Sie kehrt um, und ihre Schritte sind leichter.

Dirk-Uwe Becker

Fröhliche Weihnachten

„Unsere Christbaumkugeln waren immer schon rot!"

„Aber", entgegnete Christa, „wie wäre es denn mit einem in Lila geschmückten Baum? Der würde doch dieses Jahr einmal etwas Besonderes sein."

„Papperlapapp." Klaus konzentrierte sich weiter auf den Anzeigenteil der Zeitung. „Bei uns in der Familie waren die Christbäume immer rot geschmückt, immer. Das ist Tradition." Mit diesem Satz sah er die Diskussion als beendet an.

Christa schmollte. Seit sie mit Klaus verheiratet war, schon über zehn Jahre, hatte es immer den gleichen altmodisch roten Christbaumschmuck gegeben. In der Anfangszeit war es noch schön, doch dann wurde es schnell langweilig. Wie sie dieses rote, flitterige Dünnglaszeug hasste! Ererbt von seinen Eltern, die auf einen zusammenfaltbaren elektrischen Kunststoffbaum umgestellt hatten. Dabei hatte Christa es sich so schön ausgemalt – der Weihnachtsbaum in dezent lila Engelshaar mit lilafarbenen Kugeln und auf der Spitze ein Trompete blasender Engel im gleichen Farbton.

O gesegnete Weihnachten, du könntest so schön sein. Nicht, dass Christas Engagement in der kirchlichen Frauenbewegung sie zu dieser Farbgebung verleitet hätte. Nein, Christa fand Lila einfach passend für eine grüne Tanne und ihr ansonsten eher farblos in Kiefer eingerichtetes Wohnzimmer. Außerdem war da noch dieses in Lila gehaltene Schultertuch vom letzten Weltfrauengebetstag, das an Heiligabend dezent ihre nackte Schulter hätte zieren können. Dann eben nicht, dachte sie.

„Halt doch mal den Tritt fest." Klaus balancierte auf der obersten Stufe, den Oberkörper halb in die Bodenluke geschoben. Irgendwo dort musste der Weihnachtsschmuck liegen. Er wusste es deshalb so genau, weil er jedes Jahr den Schmuck herunterholte und auch, wieder sorgfältig verpackt, dort deponierte. „Ach, da ist er ja." Mit akrobatischer Verrenkung reichte Klaus einen Karton mit aufgemalten roten Sternen hinunter. „Warte mal, da muss noch ein Kasten sein." Sein Kopf verschwand wieder in der Bodenluke.

Mit Entsetzen starrte Christa auf den Karton mit den roten Weihnachtskugeln. Sie waren nicht einfach rot, sie waren ätzend rot! Jede Kugel eine kleine Puff-Laterne, dachte sie. Und so etwas soll bei uns am morgigen Heiligabend in den Tannenbaum? Nicht mit mir, auch wenn ich dadurch mit der Klaus'schen Familientradition breche. Sie stellte den Karton unauffällig neben die unterste Sprosse des Tritts.

„Achtung, ich komme." Klaus' Oberkörper schob sich durch die Luke wieder nach unten, dann tasteten sich seine Füße Schritt um Schritt abwärts.

Knirsch. Klaus erstarrte. Eine Hand hielt den zweiten Kristallkugelkarton, die andere klammerte sich krampfhaft an einer Stufe fest, während sich sein Kopf langsam nach unten und Christa zu neigte. „Was war das?", formulierten seine bleichen Lippen.

„Oh, nichts weiter", antwortete Christa, „du bist nur eben gerade in den ersten Karton mit deinem traditionellen Christbaumschmuck getreten, Liebling. Ich glaube, deine großen Füße haben alles platt gemacht." Ein leichter Anflug von Lächeln huschte über ihr Gesicht. „Pass auf, Schatz, dass du beim Heruntersteigen nicht noch mehr zerstörst und dich vielleicht sogar verletzt. Es wäre schade, wenn du die Feiertage mit einer Blutvergiftung im Krankenhaus verbringen müsstest."

Wortlos kniete Klaus am Boden und besah sich die vorgezogene Bescherung. Keine der schon seit Jahrzehnten in Familienbesitz befindlichen Christbaumkugeln im ersten Karton war heil geblieben. Selbst sein Lieblingsstück, in Weinrot und mit silbernem Staub besprüht, offenbarte puzzleartig ihr Innenleben. „Ist das nicht schrecklich?", hauchte Klaus, während ihm Tränen über die Wangen flossen.

„Vielleicht sollten wir die Weihnachtspyramiden in den Fenstern nur noch mit halber Kerzenzahl bestücken, als Trauerbefeuerung sozusagen", versuchte Christa ihn zu trösten.

„Wie viele heile Kugeln hast du denn noch in dem zweiten Karton?", fragte sie dann so beiläufig wie möglich.

Trotz wiederholten Zählens kam Klaus immer auf die gleiche Summe. „Nur fünf Stück", kam es fast tonlos über seine Lippen.

„Hm", meinte Christa. „Das wird wohl kaum für die stattliche Tanne reichen, die uns deine Eltern zu Weihnachten geschenkt haben. Was machen wir denn da?"

Klaus wischte sich die Tränen aus dem Gesicht. „Neue kaufen?"

„Keine schlechte Idee", entgegnete Christa. „Allerdings habe ich arge Befürchtungen, dass wir deine traditionelle Familienfarbe noch bekommen werden."

Es war halb sechs Uhr abends und somit kurz vor Ladenschluss. Klaus hatte so lange gedrängelt, bis Christa endlich nachgegeben hatte und sie beide gemeinsam zum größten Kaufhaus in der Stadt gefahren waren. ‚Christbaumschmuck zweite Etage neben den Devotionalien' lautete ein Hinweisschild im Eingangsbereich. Es war ein altehrwürdiges Haus. Seit mehreren Generationen in Familienbesitz, hatte es sich bisher immer hartnäckig einer Übernahme durch größere Supermarktketten widersetzt. Aus diesem Grund gab es auch keine Rolltreppen, weshalb Christa hier prinzipiell nicht einkaufte. Aber es war das einzige Kaufhaus, das an diesem Samstag so spät noch geöffnet hatte. Missmutig stapfte sie hinter Klaus das Treppenhaus hinauf. Alles wegen der blöden roten Weihnachtskugeln. Lilafarbene hätte sie überall bekommen können, sogar in der Kaffeefiliale. Lila war in diesem Jahr Modefarbe. Aber nein, es mussten unbedingt rote sein.

„Hier ist es." Klaus schob Christa durch die Drehtür in den Verkaufsraum. Sie durchquerten zuerst die Badabteilung, vorbei an Toiletten mit Mikrofaserbepolsterung und integrierter Vakuumabsaugung. Dann folgte ein Spießrutenlauf unter tief hängenden Wohnzimmerleuchten hindurch und an dem Weihrauch belasteten Bereich der Devotionalienabteilung vorbei. Mit einem ‚Macht hoch die Tür, die Tor macht weit'-Sound aus den Deckenlautsprechern wurden sie in der Abteilung für Weihnachtsschmuck empfangen. Eine sich schon dem Feierabend nahe wähnende Verkäuferin begrüßte sie mürrisch mit einem „Ja?", als Klaus ihr gleich ins Wort fiel. „Kugeln. Rote!"
Natürlich war in dieser Abteilung alles voller Kugeln. Kartons stapelten sich über Kartons. Runde bis ovale, ein- oder mehrfarbige Kugeln aus Glas oder Kunststoff, Baumspitzen, Engel, Holzschmuck und Schokoladenkringel. Das ganze Sortiment weihnachtlicher Gemütlichkeit. Doch dieses Gefühl wurde jäh gestört, als Klaus seinen Mund öffnete. „Rote Christbaumkugeln. Wir su-

chen rote, traditionelle Glaskugeln, wenn möglich mit silberner Bestreuselung."

Christa wollte gerade ihr Veto einlegen, weil sie nicht nach roten Kugeln suchte sondern nach lilafarbenen, als die Verkäuferin ihr zuvorkam und erklärte: „Guter Mann. Rot ist dieses Jahr out. Lila ist in. Wie Sie sehen", damit schwenkte sie huldvoll ihren Arm durch diesen Nippespalast, „kann ich Ihnen die Farbe Lila in verschiedenen Variationen anbieten. Vielleicht noch etwas in Gold und Silber, die Standardfarben traditionellen Weihnachtsschmucks. Aber Rot – nein, das führen wir heuer nicht."

Klaus' Augen waren der Armbewegung der Verkäuferin gefolgt und hingen jetzt an ihren Lippen, die seiner Vorstellung von einem traditionellen Weihnachtsfest so pragmatisch eine Absage erteilt hatten. „Keine?", fragte er kleinlaut. „Nicht eine einzige?"

„Keine!", kam die bestimmte Antwort zurück.

Christa jubilierte innerlich. Endlich! Ihr Traum von einem lila geschmückten Weihnachtsbaum schien wieder zum Greifen nahe. „Sieh mal hier, Klaus", wandte sie sich euphorisch an ihren wie ein begossener Pudel dastehenden Mann. „Diese hübsche Baumspitze, ein Engel mit Posaune, in zartem Lila mit silbernem Flitter. Was meinst du, würde der sich nicht wunderbar als Abschluss machen?"

„Wenn du meinst." Klaus hatte sich niedergeschlagen zwischen zwei Säulen von Kisten mit lilafarbenen Baumkugeln gehockt.

Währenddessen hüpfte Christa vergnügt zwischen den einzelnen Kartonstapeln hin und her, nahm Kugeln in die Hand, ließ sie im Licht der Deckenstrahler glitzern und hatte bald ihren Einkaufskorb mit den unterschiedlichsten Arten, aber alle mit einem Lila Grundton, gefüllt.

„Nanu, warum sitzen Sie hier traurig herum, während alle Welt voller Begeisterung dem Fest entgegen fiebert?" Ein älterer Herr war hinter Klaus getreten und hielt ihm die Hand hin. „Darf ich Ihnen auch ein frohes Weihnachtsfest wünschen?" Klaus muss ein verdutztes Gesicht gemacht haben, denn der Mann schlug sich gegen die Stirn und fuhr fort: „Entschuldigung, wie unhöflich von mir. Gestatten, Hubert Pfennighaus, Seniorchef dieses Kaufhauses. Ich wollte mich eben von meiner Belegschaft verabschieden und ihr ein fröhliches Weihnachtsfest wünschen."

Klaus erhob sich langsam. „Klaus Heringlake", stellte er sich dann vor. „Von wegen fröhliche Weihnachten! Kann ein Fest fröhlich sein, wenn die Tradition sich modischen Geschmacksverirrungen unterwerfen muss?" Er blickte den vor ihm stehenden Herrn resigniert an.

„Tradition? Geschmacksverirrungen? Wie meinen Sie das?"

„Nun", Klaus' Stimme klang resigniert, „seit Generationen wird in meiner Familie das Weihnachtsfest mit rotem Christbaumschmuck begangen. Rot! Bis gestern existierte diese Tradition auch noch, aber dann ...", hier stockte ihm etwas der Atem. „Aber dann zerbrach sie buchstäblich unter meinen Füßen."

„Junger Mann", der Seniorchef legte ihm freundschaftlich den Arm um die Schulter. „Nun geben Sie doch nicht so schnell auf. Tradition wird auch in meinem Haus gepflegt. Kommen Sie." Damit zog er Klaus zu einer Tür im hinteren Teil des Ladens.

Christa hatten diesen Vorfall in ihrem Kaufrausch nicht zur Kenntnis genommen und wuselte munter weiter zwischen den Weihnachtssachen umher.

Die Verkäuferin trommelte sichtlich nervös mit ihren künstlichen Fingernägeln auf einer Plastik-Schneekugel herum, als Klaus wieder im Verkaufsraum auftauchte, ohne den Seniorchef.

„Ich musste nur mal für kleine Jungs", erzählte er Christa, die jetzt alle ihre Weihnachtsträume im Einkaufskorb beisammen hatte und zur Kasse wollte.

„Beehren Sie uns bald ...", hier stockte die Verkäuferin und fügte nach einer kurzen Pause hinzu: „Ich hoffe, Sie finden den Ausgang alleine." Dann verschwand sie ebenfalls durch die Tür im hinteren Ladenteil.

Es war nur noch eine Kasse offen und sie waren anscheinend die letzten Kunden im Laden.

Christa hatte sechsunddreißig Glaskugeln in Dunkellila, zwölf Glaskugeln in Helllila, einen Posaune blasenden Engel in Normallila, Engelshaar in lilameliertem Ton und zehn Kugeln in einer sehr undefinierbaren Farbe, die Lila hätte sein können, mit silberner Bestreuselung. Dazu eine grell lilafarbene künstliche Lichterkette. Klaus zückte entnervt sein Portemonnaie. Leider funktionierte der Kartenautomat.

Christa strahlte über das ganze Gesicht und ließ ihren Christbaumschmuck während der Heimfahrt nicht aus den Augen. „Morgen früh werde ich den Baum schmücken, Klaus, und du wirst sehen – er wird eine Pracht!" Zufrieden lächelnd ging sie zu Bett.

Klaus blieb noch auf. Wichtige Arbeiten für die Firma, wie er Christa beim Gute-Nacht-Kuss mitteilte.

Ein Schrei riss Klaus aus dem Schlaf. Er sah auf den Wecker. Acht Uhr dreiundzwanzig. Die Betthälfte neben ihm war leer. Hatte Christa einen Einbrecher überrascht? Aber wer würde morgens in ein Haus einbrechen, dazu am Sonntag, dem 24. Dezember? Klaus glitt aus dem Bett und in seine Pantoffeln. Schlurfend und nur halbwach näherte er sich dem Ort der Unruhe. Ein lautes „Oh, nein!" ließ ihn diesen Ort als Wohnzimmer identifizieren. Die Tür stand halb offen. Christa kniete auf dem Fußboden, die Hände über dem Kopf zusammengeschlagen.

„Was hat dich erschreckt, Schatz?", murmelte Klaus, immer noch halb verschlafen.

Christa drehte sich um, sah ihn an wie jemanden, der gerade seine ganze Familie niedergemetzelt hat, und hauchte nur tonlos: „Was ist das?" Mit ausgestrecktem Arm zeigte sie auf den Weihnachtsbaum.

„Eine Tanne, Schatz. Was soll es sonst sein?", erwiderte Klaus müde und rieb sich die Augen.

„Das sehe ich auch, bin doch nicht blond. Aber das, was da dran hängt – was ist das?"

„Ach, du meinst den Christbaumschmuck? – Toll nicht?! Der Herr Pfennighaus, du weißt doch, der Seniorchef dieses Kaufhauses, in dem wir gestern Abend waren – er konnte es einfach nicht übers Herz bringen, die Kartons mit dem roten Christbaumschmuck dieser modischen Lila-Euphorie zu opfern und hat alles in einer kleinen Abstellkammer aufbewahrt. Ich durfte mir aussuchen, was ich wollte. Er persönlich packte es in den Kofferraum unseres Wagens. Dann hat er mir noch zu meinem guten Geschmack gratuliert. Weihnachtsschmuck muss rot sein, alles andere hätte keine Tradition, wie er sagte."

Christa war den Tränen nahe. Dieses Weihnachten sollte endlich einmal anders werden. *Un*traditionell. Fast hätte sie es geschafft.

„Ach ja, Schatz", fügte Klaus noch hinzu, bevor er sich wieder in Richtung Bett wandte, „fröhliche Weihnachten!"

Ellen Balsewitsch-Oldach

Die Magie der Weihnachtszeit

„Liebling, wir müssen los!" Die Autoschlüssel in der Hand, stand Tom in der Wohnzimmertür. Ach ja, Adventskaffee bei Angelica. Hätte ich fast vergessen – oder besser gesagt: verdrängt. Angelica war als Sängerin eingesprungen, als die Sopranistin des Orchesters, in dem Tom als Erster Trompeter spielte, unerwartet erkrankte. Seitdem hagelte es eine Einladung nach der anderen zu Angelica nach Hause. Angelica mit „c", wie im Lateinischen, wo der Name „die Engelgleiche" bedeutet. Schon zweimal waren wir während der Adventszeit bei ihr zum Kaffee gewesen. Meinen leisen Protest gegen den dritten Besuch bei ihr wiegelte Tom ab: „Sie ist doch gerade erst hierher gezogen und kennt kaum einen Menschen. Außerdem bereitet sie sich auf ihren Auftritt beim Heiligabend-Konzert in der Hauptkirche vor, da kann sie jeden kollegialen Tipp gebrauchen."

Und so standen wir pünktlich vor Angelicas weihnachtlich geschmücktem Häuschen im Hinterhof einer gründerzeitlichen Villa. Tom klopfte. Die Tür flog auf. „Ach Tom, wie schön!" Angelica fiel ihm um den Hals und wollte die Umarmung gar nicht enden lassen. Ein knappes, kantiges In-den-Arm-nehmen fiel auch für mich ab. „Kommt rein!" Angelica führte uns in das enge Wohnzimmer. „Setz dich doch heute mal hierher", beschied mich die Gastgeberin und drückte mich in einen anderen Stuhl als sonst. „Und du bitte hierher", flötete Angelica und zog Tom auf einen Platz mir gegenüber und dicht neben sich. Ich blickte mich um. Die Tür hinter mir, die bisher immer verschlossen gewesen war, stand nun offen. Ein zartfarbener Voile-Vorhang war halb über die Türöffnung drapiert und gab den Blick auf ein französisches Metallbett mit üppigen, bunten Polstern frei. Tom hatte das Liebesnest dort drinnen nun permanent im Blick.

„Kaffee?" Angelica stand mit der Kanne in der Hand vor dem perfekt gedeckten Tisch. Ihre mahagonifarbenen Haare waren im Nacken zu einem zufälligen Knoten geschlungenen, einige widerspenstige Locken fielen ihr ins Gesicht. In ihrem farbenfrohen, exotischen Gewand sah sie aus wie einem Gemälde von Gustav Klimt entstiegen.

Angelica schenkte ein und setzte sich. Während wir den Kuchen verzehrten, begann sie vom Fortschritt ihrer Proben für das Weihnachtskonzert zu berichten. Tom gab ihr freundschaftliche Ratschläge, Angelica lauschte hingerissen, die feucht schimmernden Lippen leicht geöffnet. Aufmerksam folgte ich dem weiteren Dialog. „Apropos Weihnachten", schloss Tom seine fachlichen Erläuterungen, „schreiben Damen wie ihr eigentlich noch Wunschzettel?" Sollte diese etwas unbeholfene Frage mich nun wieder ins Gespräch mit einbeziehen? „Wunschzettel ja nun nicht gerade",

mischte ich mich also etwas gezwungen wieder ein, „aber man sagt ja, dass die Advents- und Weihnachtszeit eine magische Zeit ist und dass das, was man sich in diesen Wochen wünscht, leichter in Erfüllung gehen könnte als sonst ..."
„Das ist doch alles nur amerikanischer Humbug!", unterbrach Angelica mich schroff. „Und was soll man sich denn schon wünschen? Das einzige, was zählt, ist doch ein Mensch, mit dem man sein Leben teilen kann ..." Ein unverhohlen schmachtender Blick traf Tom.
Zum Glück fand dieser Nachmittag bald ein Ende und wir brachen auf. Aber so konnte das doch nicht weiter gehen.

„Kommst du? Wir sind schon spät dran!" Tom, schon im Mantel, hielt mir die Haustür auf. Das Weihnachtskonzert – natürlich hatten wir von Angelica Karten bekommen und waren verpflichtet hinzugehen. Wider Erwarten war die Musik ein Genuss. Als der Applaus abgeklungen war und das Publikum dem Ausgang der Kirche zustrebte, kam Angelica durch den Mittelgang auf uns zu geschwebt. „Tom, Nele! Ihr seid gekommen, wie schön! Kommt doch noch auf ein Glas Sekt zu uns! Den Erfolg müssen wir feiern!" Zu *uns*? Mein Herz stockte. Ich *musste* wissen, was dahinter steckte.
Wieder standen wir vor Angelicas Haustür, wieder gab es Umarmungen – diesmal auch eine innige für mich! Wieder wurden wir ins Wohnzim-

mer geführt – und dort empfing uns ein Bär von einem Mann, in den Händen schon gefüllte Gläser, die er uns lächelnd reichte. „Das ist Igor, der Bassist; ihr habt ihn eben in der Kirche gehört! Wir haben uns auf den Proben zum Weihnachtskonzert kennen gelernt." Angelica schmiegte sich an Igors ansehnlichen Körper. „Er ist mein schönstes Weihnachtsgeschenk!" Angelica himmelte ihn schwärmerisch an. „Ich hatte ja eigentlich an eine ganz andere Verbindung gedacht", – bedauernder Augenaufschlag in Richtung Tom – „aber dass es nun so gekommen ist! Es war echte Liebe auf den ersten Blick!" „Jo!" Igors Stimme klang so tief wie seine Bassgeige. „Waihnachtszait is' magggisches Zait und Angelica is' särrr bezaubärrrt!"

„Du meinst ‚bezaubernd', Igor!", berichtigte ich unwillkürlich und musste mir ein Lachen verkneifen. Denn eigentlich hatte er recht: Ich hatte mich an Toms Frage und an mein Seminar bei einer Weißen Magierin besonnen und tatsächlich einen „Wunschzettel" geschrieben, einen ans Universum, in dem ich mir den richtigen Lebenspartner für Angelica gewünscht hatte. Doch ich wusste: Man weiß nie genau, *wie* solche Wünsche ans Universum verwirklicht werden. So war ich dabei klopfenden Herzens das Risiko eingegangen, dass „der Richtige" vielleicht doch Tom sein würde.

In diesem Augenblick legte Tom den Arm um mich, zog mich an sich und lächelte mich zärtlich an. Mein eigener Wunsch nach dem einen Menschen, mit dem ich mein Leben gern weiterhin teilen wollte, war anscheinend ebenfalls erhört worden.

Die Weihnachtszeit hat eben doch etwas Magisches.

Dirk-Uwe Becker

Leider ein Desaster

Joachim stand mit hoch rotem Kopf in der Abteilung Weihnachtsbäume des Baumarktes. „Sechzig Euro, für so eine krumme Tanne?" Der Verkäufer blieb ungerührt: „Fichte, mein Herr. Tanne wäre teurer!" In Joachim kochte die Wut. Es war ein Tag vor Heiligabend. Da mussten die Preise für so einen lächerlichen Weihnachtsbaum doch in den Keller purzeln. Schoko-Hasen wurden nach Ostern doch auch um fünfzig Prozent günstiger angeboten. Soweit sein Auge reichte, war das Außenlager voll von grünen Nadelbäumen jeglicher Größe und Gestalt. In Joachims Hirn machte sich gerade der Gedanke breit, dass ein Hundert-Euro-Schein die gleiche grüne Farbe aufweist wie dieses Konvolut nadeliger Stock-Deko. „Drei Spitzen – das ist doch nicht normal, oder?" Der Verkäufer zuckte mit den Achseln: „Wie's vom Felde kommt. Müssen's ja nicht kaufen, wenn's nicht gefällt. Ich hab gleich Feierabend!" Mit Erschrecken sah Joachim auf der Uhr, dass sich die Zeiger fast auf den 19-Uhr-Punkten befanden. Der Baumarkt würde gleich schließen. ‚Und morgen ist Heiligabend, die Familie erwartet ein anständiges Weihnachtsfest und dazu gehört eine Tanne – oder eine Fichte, egal, Hauptsache grün und pieksig!'
Am nächsten Morgen war Joachim früh auf den Beinen. Aber auch im Stundentakt vor dem

Countdown des größten Geschenke-Outlets der Welt sanken die Preise für Weihnachtsbäume nur marginal. „Was machen Sie mit den Bäumen, die Sie nicht verkaufen?" Seine Frage musste den vor Kälte leicht zitternden Mann irritiert haben. „Wi-wir ma-machen da-daraus Feu-Feuerho-holz", brachte er stockend heraus, als er von einem Bein aufs andere hüpfte, um sich warm zu halten. „Kein Baum zu reellem Preis unter fünfzig Euro?" Das Hüpfen wurde unterbrochen. „Nei-nein, a-aber wenn Si-sie was Bi-billiges su-suchen, gi-gibts Ku-kunststoffbä-bäume im Su-superma-markt!" Klar doch, dass er nicht gleich daran gedacht hatte! In der Werbung flimmerten schon einige Tage, wenn nicht gar Wochen, die Angebote über kunstvolle Kunststoffbäume mit LED-Beleuchtung und tanzender Spitze sowie Weihnachtsliedern aus dem einmal in der Stunde um sich selbst drehenden Christbaumständer über die Mattscheibe. Das wär's doch – nie mehr wegen Weihnachtsbäumen anstehen müssen; keine Wachskerzen auffädeln und Wassereimer bereit halten; nicht mehr selbst singen – das übernahm alles der voll digitalisierte Christbaum 3.0!

Vor dem einzigen Supermarkt der Stadt hatte sich am Eingang eine Schlange gebildet. Ein als Knecht Ruprecht verkleideter Student ließ alle zehn Minuten gerade mal zehn Personen hinein. Wegen Überfüllung, hieß es, und um den Kunden ein gemütliches Einkaufen zu ermöglichen. Mit dem

Mut der Weihnachtsverzweiflung hinderte Joachim einen Rollstuhlfahrer, ihm in die Quere zu kommen, und quetschte sich als Elfter gerade noch durch die sich wieder schließende Tür. ‚Weihnachtsbäume erster Stock‘ stand auf dem großen Informationsschild in der Halle. Die Rolltreppe ins Obergeschoss war ein sich aufwärts bewegendes Schlachtfeld der ‚Ich-zuerst‘-Festtagsenthusiasten. Treppe ist sicherer, schoss es Joachim in den Kopf und er begab sich flugs in Richtung Notausgang. ‚Nur für Personal‘ war groß und deutlich auf der Metalltür zu lesen. „Ich hab es heute persönlich“, brummte Joachim, drückte die schwergängige Tür auf und fand sich in einem endlos langen Flur ohne Treppenaufgang wieder. Mist! Falsche Ausfahrt. Joachim wollte wieder ins Kaufhaus zurück und stellte bestürzt fest, dass die Eisentür nur einen Knauf, aber keine Klinke hatte. Prustend und mit schmerzender Lunge schaffte es Joachim, wieder an den Haupteingang zu gelangen. Die Schlange vor der Tür war auf geschätzte dreißig Meter angewachsen. Joachim rechnete: Dreißig Meter durch fünfzig Zentimeter menschlicher Standfläche ergaben sechzig Menschen vor ihm. Bei zehn Personen pro zehn Minuten Einlass-Intervall würde er mit Chance in einer Stunde vor Knecht Ruprecht stehen können. Der Supermarkt schloss, da war seine Quarz gesteuerte Armbanduhr unerbittlich, in etwa einer halben Stunde.

„Wo hast du die denn her?!“ Die Stimme seiner Frau klang etwas spitz. Nun ja – es war die schönste Tanne, die Joachim im Stadtwald gefunden hatte und die er mit seinem Taschenmesser nach halbstündiger Plackerei vom Wurzelstamm abschneiden konnte. Sie hatte immerhin keine drei Spitzen sondern nur zwei. Dafür war sie mit einem knappen Meter nicht die größte ihrer Art. Aber wenigstens hatte er einen Weihnachtsbaum. „Und die LED-Weihnachtskerzen mit Fernbedienung – wo sind die?“ Juttas Stimme klang immer noch gereizt, wahrscheinlich wegen dieses Tannen-Bonsais. „Wir haben doch noch Omis alten Feiertagsspezialkoffer“, gab Joachim etwas pikiert zurück. Und richtig. Auf dem Dachboden stand der alte verstaubte Koffer und mitten drin – klemmbare Kerzenhalter und zwei Schachteln weißer Stearinkerzen. „Nun schnell die Lichter dran, Jutta“, rief er überglücklich und fand, als er mit einsetzender Dämmerung die letzte Kerze angezündet hatte, dass ‚ihr‘ Baum doch gar nicht so schlecht aussähe. Die Familie hatte sich gerade zum Festtagsbraten am Wohnzimmertisch niedergelassen, als es plötzlich dunkler wurde. Wie es schien, war im gesamten Viertel der Stadt der Strom ausgefallen. Nur in einem einzigen Haus leuchtete der Weihnachtsbaum in sanftem Licht.

Am ersten Werktag nach dem Fest war in der Zeitung zu lesen, dass aufgrund der starken Nachfrage nach elektrifizierten Weihnachtsbäumen und LED-Festtagsschmuck für Heim und Garten der Stromverteiler in Joachims Viertel den Geist aufgegeben und sich selbst abgeschaltet hatte. Das gibt dem Begriff ‚Energiewende‘ die richtige feierliche Würze, dachte Joachim, als er Omas zweite Packung Stearinkerzen anbrach.

Ellen Balsewitsch-Oldach

Eine Puppe kann nicht morden

Nicht gerade schön, ausgerechnet am ersten Weihnachtstag zu einem ungeklärten Todesfall gerufen zu werden, dachte die Kommissarin. Sie selbst hätte jetzt auch lieber gemütlich zu Hause gesessen. Nachdenklich blickte sie sich im Wohnzimmer der Familie um. Die Lichter an dem bunt geschmückten Weihnachtsbaum würden in diesem Jahr sicher nicht mehr festlich leuchten. Sie wandte sich wieder der Frau und dem Mann auf dem Sofa zu.

„Ich hab gesehen, was passiert ist!"

Die Kommissarin fuhr im Sessel herum. Ein kleiner Junge lehnte plötzlich im Rahmen der Zimmertür.

„Max!" Heide Werner, die Mutter, starrte ihren Sechsjährigen über das zerknüllte Taschentuch hinweg an. Ihre Augen waren rot gerändert. „Das hier ist nicht eine von deinen Detektiv-Geschichten, sondern Wirklichkeit – Oma ist tot und die Kommissarin will wissen, warum sie so plötzlich gestorben ist!" Sie schluchzte zornig auf.

„Aber ich hab doch gesehen, wie das passiert ist", begehrte Max auf.

Jetzt rührte sich der weiß gekleidete Mann, der neben Heide auf der Sofalehne hockte und ihre Hand gehalten hatte. „Noch ein Wort, mein Freund, und du kommst ins Internat – du weißt, das meine ich ernst! Wer soll denn wohl auf dich aufpassen, wenn du so unartig bist? Besonders jetzt, wo Oma tot ist?"

Max war augenblicklich still.

„Und Sie sind?", erkundigte sich die Kommissarin.

„Konrad Werner, Frau Werners Schwager – mein Bruder, Heides Mann, ist vor einem Jahr verstorben", versetzte er, „ich bin Arzt am städtischen Krankenhaus und sie bat mich, privat die Behandlung ihrer Mutter zu übernehmen."

Die Kommissarin machte sich ein paar Notizen. „Und Sie haben keine Erklärung dafür, warum Frau Werners Mutter ersticken konnte?"

Dr. Werner schüttelte den Kopf. „Sie stand seit einiger Zeit unter Morphium und war schon recht schwach. Als sie geschlafen hat, muss ihr das Kissen so unglücklich aufs Gesicht gekippt sein, dass sie es nicht mehr geschafft hat, es rechtzeitig zu entfernen."

Max drückte sich an den Türpfosten. Gleichsam ohne sein Zutun entfuhr es ihm: „Das stimmt gar nicht! Ich hab gesehen, wie ihr wer das Kissen aufs Gesicht gerückt hat!" Das Erschrecken über seine eigenen Worte ließ seine Augen riesengroß erscheinen.

Verzweifelt drückte er eine große Schlenkerpuppe mit überlangen Armen und Beinen an sich, die in einen Anzug mit einem Muster aus kunterbunten Rauten eingenäht war.

„Max! Weißt du, was du da sagst?! Du beschuldigst jemanden, deine Oma umgebracht zu haben!" Hysterisch kippte Heides Stimme.

„Und wer war es nun, deiner Meinung nach?", fragte die Kommissarin gespannt.

Max hatte inzwischen Dr. Werners strafenden Blick aufgefangen und sah verlegen auf seine Puppe hinunter. Dann holte er tief Luft. Hatte er eben erleichtert gelächelt? „Der Harlekin", nuschelte er seinen Zehenspitzen zu.

„Wie bitte?", bohrte die Kommissarin nach. „Bitte sag das nochmal, ich hab dich eben nicht verstanden." Der Blickkontakt zwischen Mann und Junge war ihr nicht entgangen.

„Der Harlekin", wiederholte Max, unsicher aufblickend und zupfte nervös an den langen bunten Beinen der Figur in seinem Arm.

„Sehen Sie", schnaubte Dr. Werner befriedigt, „das Kind hat keinerlei Bezug zur Realität. Max, deine Oma ist durch einen bösen Unfall ums Leben gekommen! Eine Puppe kann niemanden umbringen! Eine Puppe kann überhaupt nichts tun!" Empört wies er auf das Spielzeug, das Max jetzt unter den Arm geklemmt hielt. „Seine Großmutter hat ihm das Ding zu Weihnachten geschenkt – ich habe ihr gleich gesagt, dass Jungen von heute in diesem Alter nicht mehr mit solchen Sachen spielen –"

„Aber der Harlekin ist ein Familienerbstück", mischte sich jetzt Heide mit zitternder Stimme ein, „und sie hat gesagt, dass er ihr immer Glück gebracht hat. Jetzt sollte Max ihn bekommen, denn er bräuchte noch viel länger im Leben Glück als sie und nun sei er derjenige, auf den der Harlekin aufpassen sollte.“

„Sie sehen, alles Unfug, Frau Kommissarin – der Junge hat einfach eine blühende Fantasie, die seine Großmutter auch noch mit solchen Märchen unterstützt hat!“

„Aber ...“ Max wollte widersprechen, doch kleinlaut verstummte er.

„In Ordnung, für heute ist es genug“, schloss die Kommissarin und erhob sich. „Wahrscheinlich komme ich morgen noch einmal zu Ihnen, um ein paar Fragen zu klären.“

„Ich bringe Sie hinaus.“ Zuvorkommend geleitete Dr. Werner die Kriminalbeamtin in den Flur hinaus und drückte schon die Klinke an der Haustür herunter, da fiel ein letzter Strahl der Abendsonne durch die farbige Bleiverglasung und überzog den weißen Arztanzug Dr. Werners mit einem Muster aus kunterbunten Rauten.

Nachdenklich sagte die Kommissarin: „Ach, einen Moment noch, Herr Dr. Werner – mir fällt da gerade noch etwas ein ... und ich denke, *das* möchte ich mit Max ganz gern allein besprechen.“

Dirk-Uwe Becker

Herr Heinrich und das Kasperle

Weihnachten war für Herrn Heinrich gleichbedeutend mit dem wunderbaren Duft aufgebrochener Orangenschalen und dem langsamen Zerkauen des festen, leicht süßen Fruchtfleisches im Mund. In seinem spärlich eingerichteten Wohnzimmer teilte sich ein zerschlissenes Sofa die zehn Quadratmeter mit einem in die Jahre gekommenen Tisch des Modells ‚Gelsenkirchner Barock' und einer Leselampe. Herr Heinrich las viel. Nicht diese Frauenverdummungsblätter, die in Arztpraxen oder beim Friseur auslagen, sondern feinsinnige Literatur, die sich durch festen Einband mit Lesebändchen auszeichnete. Seine Bibliothek nahm jede freie Wandflächen seines Wohnzimmers ein, so dass ein ehemaliger Freund diesen Raum einmal als eine ‚Zelle mit buchverrückten Wänden' beschrieben hatte.

Ein nicht aufhörendes Pochen an der Wohnungstür riss ihn aus seinen Gedanken. Er war nicht auf Besuch eingestellt und erwartete auch keinen. Der letzte lag gefühlt Jahrzehnte zurück. Als Herr Heinrich die Tür öffnete, hockte ein kleines Mädchen mit tränenverschmierten Wangen auf der Fußmatte. „Was machst du denn hier?", fragte Herr Heinrich etwas barscher als er eigentlich vorhatte. „Ich … ich wollte mit meiner Mami zum Weihnachtsmann ins Kaufhaus und auf dem Gehweg waren so viele Menschen und nur Beine und Pakete und Taschen und plötzlich war meine Mami weg und dann sah ich den offenen Hausflur und ... und ich hab an die erste Tür geklopft, die ich gefunden habe." Das Mädchen hatte die Worte so herausgesprudelt, als wäre ein Damm gebrochen. „Gut – oder auch nicht", murmelte Herr Heinrich und nahm das Mädchen an die Hand. „Wir gehen jetzt erst einmal in die warme Stube und schauen dann, wie wir dich deiner Mami wieder zurückbringen können, okay?" Die Augen des Kindes strahlten, dass es Herrn Heinrich ungewohnt warm ums Herz wurde. „Du hast aber viele Bücher", sagte das Mädchen erstaunt und sah sich im Wohnzimmer um. „Meine Mami hat nicht so viel Geld, aber sie versucht, mir jeden Monat ein Buch aus der Stadtbibliothek mitzubringen – wenn sie es von ihrer Arbeit bis zur Schließung schafft. Hast du die den alle schon gelesen?" Herr Heinrich ließ wehmütig seinen Blick schweifen. Die Bücher hatten seinem Vater gehört und davor dessen Vater und er, Heinrich, war mit ihnen aufgewachsen und hatte sie geerbt. „Nein, nicht alle", sagte er mit belegter Stimme. „Aber viele!" Er setzte das Mädchen auf das Sofa, ging zu einem der Borde und kam mit einem abgegriffenen Buch zurück. „Kennst du die Kasperle-Bücher von Josephine Siebe?"[1], fragte er. Das Kind schüttelte den Kopf. „Die Abenteuer dieses Kasperle habe ich in

---

[1] *http://www.zeno.org/Literatur/M/Siebe,+Josephine/Kasperle-Bücher*

meiner Kindheit verschlungen und die bunten Bilder darin. Kasperle auf Reisen, Kasperle auf Burg Himmelhoch oder Kasperles Schweizerreise. Eine Holzpuppe, die sprechen kann und so frech verrückt ist, wie es nur Menschenkinder sein können." Herr Heinrich blickte auf das Mädchen herunter. „Hast du Hunger?" Das Mädchen nickte und ihre Augen blickten sehnsüchtig auf die Orange in der Obstschale. Herr Heinrich verschwand im Nebenraum und kam dann mit einem kleinen Messer wieder zurück. „Wir machen es uns jetzt gemütlich", sagte er und begann, die Orange vorsichtig von oben nach unten einzuschneiden. Dann zog er die einzelnen Teile der Schale ab, die wie kleine Boote aussahen. Auf jedes dieser Schalenboote legte er eine Apfelsinenscheibe. „Das ist unser Reiseproviant für unsere Abenteuerfahrt mit dem Kasperle", begann er, setzte dann aber hinzu: „Warte, ich muss noch etwas Wichtiges erledigen!" Wieder verschwand Herr Heinrich im Nebenzimmer und das Mädchen hörte etwas klackern und eine gedämpfte Stimme, dann ein leises Klacken und schwupp-di-wupp war er wieder zurück und setzte sich zu dem Mädchen aufs Sofa. Auf dem alten Tisch hatte Herr Heinrich die Armada der Apfelsinen-Schiffe aufgebaut. „Nimm dir ruhig eine Scheibe, wann immer du möchtest", sagte Herr Heinrich und schlug das Buch auf. „Ich lese dir derweilen vor!" Mit einem Leuchten in den Augen griff das Kind zu dem ersten Schiff und stopfte sich die Apfelsinenscheibe in den Mund. „Mmmhhhmm … lecker!", sagte es und Herr Heinrich bemerkte, dass dieses Kind auch dem Genuss und dem Duft dieser Südfrucht verfallen war. „Dann wollen wir mal", begann er mit dem ersten Kapitel von Kasperles Reisen.

„Als Mister Stopps, dem es immer ängstlicher zumute wurde, einmal sagte: „Wir müssen in die Stadt zurückkehren", schrie Kasperle: „Ich stirbse, ich stirbse!" und klapp fiel es um und verdrehte die Augen. Florizel beugte sich über den Schlingel und flüsterte: „Jetzt müsstest du etwas hintendrauf haben."

Es klingelte an der Wohnungstür. Herr Heinrich klappte das Buch vorsichtig zu und erhob sich still vom Sofa. Das Mädchen war vor einiger Zeit in tiefen Schlaf gesunken und träumte wahrscheinlich Kasperles Reisen mit seinen eigenen Bildern nach. Vor der Wohnungstür standen zwei Polizistinnen mit einer Frau, die ganz aufgelöst wirkte und sofort losbrüllte: „Wo ist sie? Was haben Sie mit ihr gemacht?" Herr Heinrich hob beide Hände. „Pssst! Ihre Tochter ist gerade eingeschlafen und träumt vom Kasperle. Bitte, wecken Sie sie nicht auf. Sie können gerne hier bei mir warten." Er lud die Polizistinnen und die Frau in seine Wohnung ein. Dann erzählte er die ganze Geschichte und die Augen der Mutter wurden immer größer. „Und Sie leben ganz alleine?", fragte sie

erstaunt. Herr Heinrich bejahte. „Ich war ein Ein-
zelkind und mein Leben lang alleine. Eine Sache
der Gewöhnung." Der Frau traten Tränen in die
Augen. „Wenn Sie wollen … ich glaube, Lisa würde sich freuen … am Heiligabend … wir sind auch
alleine … im Allgemeinen." Nun war es an Herrn
Heinrich, sich zu schnäuzen und seine feuchten
Augen hinter dem Taschentuch zu verbergen.
„Gerne", sagte er. „Ich bringe aber das Kasperle
mit!"

Ellen Balsewitsch-Oldach

Der Wintermantel

„Das Kind braucht einen Wintermantel!", verkündete meine Mutter. Meine Stimmung stürzte augenblicklich in den Keller. Denn das bedeutete: in der Adventszeit am schulfreien Samstag früh aufstehen, mit Mutter und Vater in die vorweihnachtlich überfüllte Hamburger Innenstadt fahren und sämtliche Kaufhäuser und sonstige Geschäfte abklappern, die Kinderoberbekleidung führten. Meine Erfahrung hatte mich gelehrt, dass – was immer ich an Garderobe brauchte – der Geschmack meiner Eltern komplett entgegengesetzt zu dem lag, was meine Klassenkameraden tolerieren würden, ohne mich auszulachen und wegen meiner spießigen Klamotten zu hänseln. Irgendwie neigten meine Eltern dazu, mich eher wie eine Sekretärin der frühen 1960er Jahre einzukleiden denn als achtjährige Schülerin. Meinen eigenen Bekleidungsgeschmack kannte ich kaum, denn auf derartigen Einkaufstouren war ich nur damit beschäftigt, Schadensbegrenzung zu betreiben, und häufig am Ende so erschöpft, dass ich willenlos dem faulsten Kompromiss zustimmte, der mir gerade noch möglich war.

Der Samstag verlief entsprechend meinen Erwartungen. Meine Eltern schleiften mich durch absolut jedes relevante Geschäft in der City. Ich glaube, ich habe jegliches Wintermantelmodell anprobiert, das in dieser Saison für Kinder überhaupt am Markt war. Rein in die stickige Luft des Geschäfts, rein in die muffige Enge zwischen den Garderobenständern, rausgequält aus meinem Mantel (zu eng, deswegen waren wir ja hier), Schal abgewickelt, rein in ein neues, fremdes, noch steifes Kleidungsstück. Kritische Blicke meiner Eltern. Unausweichlich: das Zupfen an den Schultern und an den Ärmelsäumen (Vater), der Strich über den Rücken zur Materialprüfung (Mutter). Dann, zu mir: „Schau doch mal, *der* ist doch schön, darin siehst du wirklich angezogen aus!" Ich, vor den Spiegel geschoben, entweder entsetzt oder resigniert und kompromissbereit (wenn das Ergebnis nicht allzu scheußlich war; dann hätte die Tortur wenigstens ein Ende). Der nächste Schritt hatte die Qualität eines Gottesurteils: der Griff zum Preisschild. Häufig erlöste mich das Ergebnis von meinen Konflikten. Manchmal war das gute Stück dann doch nicht *so* schön. Dann: raus aus der Neuware, rein in den angenehm eingewohnten Altbestand. Schal um, raus in die Kälte, zwei Häuser weiter, rein ins nächste Geschäft und ... siehe oben.

So auch an besagtem Samstag. Der Reihe nach traten alle Fälle ein, die dazu führten, dass ich – gefühlt nach Stunden – immer noch keinen neuen Mantel hatte. Einschließlich einiger erfolgreicher Versuche meinerseits, mich entschieden zu weigern, am nächsten Schultag gekleidet wie eine jugendliche Bürokraft in meiner Klasse zu erscheinen.

Meine stille Hoffnung, dass wir aufgeben würden, wurde durch meinen Vater zunichte gemacht: „Es hilft nichts, dann müssen wir noch zu ‚Ludwig‘ fahren“. Das hieß, eine halbstündige Fahrt mit der Straßenbahn in einen anderen Stadtteil und im Lieblingsladen meines Vaters nochmals dieselbe demütigende Prozedur.

Nach dem dritten inakzeptablen Mantelmodell dort wollte ich schon bedingungslos um Gnade flehen, da sah ich *ihn* in der Reihe roter, marineblauer und karierter Kindermäntel hängen: Ich schoss auf das Kleidungsstück zu, riss es vom Bügel und stürzte mich geradezu hinein. Es passte wie maßgeschneidert und ich fühlte mich einfach großartig! Ich glaube, ich habe meine Eltern noch nie so sprachlos erlebt – erstens wegen meines ungewohnt lebhaften Ausfallmanövers und zweitens natürlich wegen meines überraschenden Garderobengeschmacks: Fellimitat im Leopardenmuster!

Und da brach sich auch schon das Entsetzen Bahn – Leopardenpelz? Für eine Achtjährige? Unmöglich!!! Heute weiß ich natürlich um die Assoziation von Erwachsenen der Generation „Nitribit“ zu diesem Stil. Ich war damals allerdings einfach von der Vorstellung begeistert, jeden Tag als mein Lieblingstier verkleidet zu sein: als geschmeidige große Katze (und auf Fotos sah ich später, dass der Schnitt absolut kindgerecht war). Aber meine Eltern schüttelten nur den Kopf und erklärten die Expedition Wintermantel kategorisch für gescheitert, zumindest vorläufig. Aus der Traum – ich war am Boden zerstört.

Aber nur bis Heiligabend. Nur ein einziges Geschenk für mich lag unter dem Baum. Das Paket war groß, groß und weich … Hastig riss ich das Papier auf: *DER WINTERMANTEL!* Ich hatte zwar immer gefunden, Bekleidung sei kein Weihnachtsgeschenk, sondern gehörte zur Grundversorgung von Kindern durch ihre Eltern, aber in diesem Jahr hätten sie mir nichts, aber auch gar nichts Schöneres aussuchen können! Ich heulte vor Freude.

Natürlich zog ich am ersten Schultag nach den Feiertagen meine Neuerwerbung sofort an. Wie immer war ich etwas früh vor der noch geschlossenen Tür zum Schulgebäude. Meine Klassenkameraden waren auch fast alle schon da. Als sie mich sahen, war es einige Sekunden lang totenstill.

Dann brach johlendes Gelächter los. Noch nie war ich so ausgelacht worden.

Und mir – war es egal.

Dirk-Uwe Becker

Das Wunder

„Glaubst du, dass es funktioniert?" Anja saß an das Kopfende ihres Bettes gelehnt und sah ihren Bettgenossen an. Der Wind rüttelte draußen an den Fenstern und der Regen klatschte in Böen gegen die Scheibe. „Kann sein, kann nicht sein", kam es aus dem zusammengekniffenen Mund von Sepp. Anja hatte ihn so genannt, weil ihre Mutter den Sepp vor Jahren mit nach Hause gebracht und in ihrem Zimmer einquartiert hatte. Sepp trug damals Lederhosen und ein rot kariertes Hemd. Das hatte Anja an den ersten Urlaub mit ihren Eltern in Bayern erinnert, wo die Jungs immer in diesen unmöglichen Kurzhosen herumliefen. Aber das war jetzt Jahre her und Sepp ihr liebster Spielkamerad und Freund geworden. „Aber es muss funktionieren!", dachte Anja laut. Es ging doch um die Überraschung. Der besondere Tag rückte immer näher und Sepp war nichts eingefallen, also hatte Anja sich den Kopf über das Problem zerbrochen. Sie schaute Sepp an, der seine Augen starr auf das Fenster gerichtet hatte. „Blödes Wetter", grummelte er tief aus seinem Bauch heraus. Anja musste ihm zustimmen. Dies war kein Wetter für diese besondere Zeit. Regen! Sie erinnerte sich an Jahre, da hatte ihr Vater sie auf einem Holzschlitten durch die einsamen und verschneiten Straßen der Stadt gezogen. Es war toll, wenn die Schneekristalle wie Stecknadelstiche auf ihrer Haut prickelten, die Kälte ihrem Vater eine rote Nase ins Gesicht malte und der Schnief seinen Schnurrbart vereiste. In den letzten Jahren gab es immer weniger Schneefall – und jetzt? Jetzt klatschte der Wind an diesem besonderen Tag laufend prall gefüllte Wasserbälle gegen die Scheibe ihres Zimmers. Sepp schien es nicht zu stören. Täuschte Anja sich oder huschte da gerade ein schelmisches Lächeln über seine glänzenden Lippen?

Fast eine Woche hatte Anja zusammen mit Sepp, der ihr allerdings keine große Hilfe war, im Keller gewerkelt und ihren Einfall versucht in die Tat umzusetzen. Da ihr Vater immer spät nach Hause kam und ihre Mutter den alten Keller gruselig fand und nur hinunter ging, um die Tiefkühltruhe zu leeren oder Eingemachtes auf die Regale in der Nähe der Treppe zu stellen, waren Anja und Sepp ungestört. Meistens jedenfalls. Ab und zu kam Mischka, die Katze ihrer Nachbarn, zu Besuch. Aber Mischka kümmerte sich weder um Sepp noch um Anja und ihre verrückten Ideen, sondern war auf Mäuse aus. „Sie hätte uns helfen können“, maulte Anja. „Mit ihren scharfen Krallen hätte sie ...“ Doch Sepp unterbrach sie knurrig: „... hätte sie mich gekratzt. Willst du das?“ Anja schüttelte den Kopf. Natürlich wollte sie das nicht. Also ohne Mischka, nur mit Sepp. Je näher der bewusste Tag kam, desto unruhiger wurde Anja, deren Finger schon von der Anstrengung ihrer Arbeit

schmerzten. Sepp hingegen blieb gelassen und beantwortete jede Frage von ihr entweder mit „Ja" oder „Nein". Einmal jedoch war er unvermutet eine große Hilfe. In einer Schublade der Werkbank fand Anja ein verrostetes Gerät, das wie eine Stanze aussah. „Ein Locher", sagte Sepp. „Nein - zwei Löcher", erwiderte Anja. Und dann fiel es ihr wie Schuppen von den Augen. Das war es!
Es klopfte und die Mutter betrat das Kinderzimmer. „Habt ihr das Läuten nicht gehört?", fragte sie. Mit einem halben Überschlag war Anja von ihrem Bett gehüpft und zog Sepp hinter sich her. „Es geht los!", schrie sie. „Das Christkind ist da!" Mit einem Lächeln folgte die Mutter, als Anja und Sepp die Stufen hinunter ins Erdgeschoss sprangen. Der Vater stand in der Tür und winkte sie hinein. „Das Christkind ist leider weitergereist, um andere Familien zu bescheren, aber es entschuldigt sich, dass es dieses Jahr keinen Schnee zu Weihnachten mitgebracht hat." Anja stupste Sepp an. „Los!", sagte sie. „Zieh an der Schnur!" Da Sepp aber mit weit offenen Augen auf den Christbaum starrte, musste Anja selbst einspringen. Sie ging zum Wohnzimmerfenster, durch dessen undichte Rahmen der Wind pfiff, sich dort aber auch hervorragend ein Bindfaden hindurchführen ließ, und sagte, als sie triumphierend die Vorhänge auf- und kräftig an der Schnur zog: „Ich kann etwas, was das Christkind nicht kann!" Der Regen hatte zum Glück schon vor Minuten aufgehört und jetzt

tanzten draußen vor dem Wohnzimmerfenster weiße Schneeballflocken in der Nacht. Vater und Mutter blieb der Mund offen stehen. Mit strahlenden Augen erzählte Anja, wie sie in den Tagen vorher mühsam mit ihrer Kinderschere kleine Kreise aus weißem Papier geschnitten hatte, bis Sepp mit seinem Hinweis auf den alten Locher die Lösung brachte. Dann ging alles rasend schnell. Das weiße Konfetti in einen alten Kartoffelsack gestopft und, nachdem Vater und Mutter mit der Vorbereitung der Bescherung beschäftigt waren, aus ihrem Kinderzimmerfenster bis auf Höhe des Wohnzimmers abgeseilt. Jetzt brauchte man nur noch an der Schnur zu ziehen und es würde schneien. Das war der Plan und er hatte funktioniert. Als Anja und Sepp mit den Eltern beim Weihnachtsessen zusammen saßen, gab es nur ein Thema: der Schneefall.

Ellen Balsewitsch-Oldach

Linie 16

1, 3, 5 und 7, diese Zahlen mochte Lena am liebsten – weil sie in ihrem Geburtsdatum vorkamen. Auch eine 9 war dabei, aber die betrachtete sie immer mit Misstrauen,war diese Ziffer doch die einzige, die sich durch eine andere Zahl als durch sich selbst oder 1 teilen ließ. Aber immerhin, es war eine ungerade Zahl, und wenn man sie durch eine andere ungerade Zahl teilte, eine 3, dann kam noch eine 3 dabei heraus, also wenigstens auch eine ungerade Zahl und sogar eine ihrer Lieblingszahlen. Nein, Lena war eigentlich gar kein Zahlenfan und im Schulfach „Rechnen" auch nicht besonders gut. Aber mit Zahlen spielte sie oft Orakel.

Und heute war es besonders wichtig: Wenn die nächste Straßenbahn die Linie 7 war (ihre absolute Lieblingszahl!), dann würde sie Glück haben: Dann würde ihr Vater, der neben ihr an der Haltestelle stand, im Tierheim Tommy wiederfinden. Der getigerte Familienkater war seit fast zwei Wochen fort und Lena war immer mutloser geworden. „Der kommt schon wieder!", hatten ihre Eltern sie zu beruhigen versucht, aber als nach etlichen Tagen – trotz winterlicher Kälte und erstem Schneefall – weder ein energisches Kratzen noch ein klägliches Mauzen an der Terrassentür zu hören gewesen war, machten auch sie sich Sorgen und beschlossen, dass Vater im örtlichen Tierheim nachsehen sollte, ob jemand den Kater dort abgegeben hatte.

Schweigend warteten Lena und ihr Vater auf die Bahn und Lena spürte deutlich, dass Vater kaum Hoffnung in die ganze Aktion setzte. Ihr Herz war nur noch ein einziger schwerer Kloß. Endlich bog, auf ihren Schienen kreischend, die Straßenbahn um die Kurve. Lena zog ihre Strickmütze tiefer über die Ohren, kniff ihre Lider fest zusammen, riss dann die Augen wieder auf … und war enttäuscht: Es war die Linie 16. Eine gerade Zahl, die sich nur durch gerade Zahlen teilen ließ und dann auch noch eine gerade Zahl ergab … Also kein Glück … Entmutigt kletterte sie hinter ihrem Vater die Stufen hoch in die Bahn und setzte sich neben ihn. Weihnachten – ohne dass Tommy erst ausgiebig am frischen Grün des Tannenbaums schnupperte und dann mit ein paar spielerischen Tatzenhieben die Kugeln und Figuren an den untersten Zweigen herunterholte? Sie mochte gar nicht daran denken. Wortlos ruckelten sie von Station zu Station, bis Vater aussteigen musste. „Tschüs, bis nachher also“, brummelte er bloß, wortkarg wie immer. Während die Bahn quietschend wieder anfuhr, blickte Lena ihrem Vater hinterher, wie er die Straße durch das Gewerbegebiet Richtung Tierheim ging und dabei seine alte, rotbraune, grob genarbte Aktentasche an der Hand schlenkern ließ. Die hatte er mitgenommen, um möglicher Weise Tommy darin nach Hause zu tragen. Wie leer und zusammengefallen die Tasche doch aussah …

Kurz darauf hatte die Straßenbahn Lenas Haltestelle erreicht und sie stieg aus.

Was in den vier Stunden des winterlichen Sonnabend-Unterrichts in der Schule besprochen worden war, konnte Lena hinterher gar nicht sagen. Zu sehr hatte sie auf das Ende der letzten Stunde hin gefiebert. Aber jetzt, wo sie ihren Vater an der Haltestelle treffen und es sich endgültig entscheiden sollte, ob Tommy sich wieder angefunden hatte, trödelte sie beim Anziehen, um diesen Augenblick hinauszuzögern. Aber schließlich machte sie sich doch auf den kurzen Fußweg zur Station. Sie bog um die letzte Ecke. Ihr Vater stand schon im gläsernen Wartehäuschen. Und hielt die Aktentasche nicht mehr am Griff in der Hand. Sondern hatte sie unter den rechten Arm geklemmt. Und die Tasche sah gar nicht mehr zusammengefallen aus. Lena rannte.

Unterwegs überkam sie ein schrecklicher Gedanke: Was, wenn es gar nicht Tommy war? Wenn Vater ihn verwechselt hatte? Oder ein fremdes Tier mitgenommen hatte, weil er meinte, das würde sie trösten? Lena rannte schneller.

Endlich war sie bei Vater angekommen. „Wa … issas … Tom …". Vor Atemlosigkeit bekam Lena kein vollständiges Wort heraus. Ihr Vater lächelte – auf seine eigentümliche, immer etwas traurige

Art, aber er lächelte. Und wie eine Reaktion auf Lenas Stimme, drängelte sich plötzlich ein dicker, getigerter Katerkopf zwischen Seitenfalz und Überschlag der alten Tasche hervor. „Tommy!", schluchzte Lena und kraulte dem Tier die pelzigen Wangen.

Die Straßenbahn kam und bremste geräuschvoll an der Haltestelle. Flüchtig warf Lena beim Einsteigen einen Blick auf die Linienanzeige. Wieder die 16 … Auch wenn es jetzt keine Rolle mehr spielte, aber hatte das Orakel nicht versagt? Obwohl heute Morgen nicht die Linie 7 gekommen war, hatte Lena Glück gehabt – und was für eins!

Da fiel Lena zum ersten mal etwas auf: Wenn sie die 1 und die 6 zusammenzählte, ergab die Quersumme 7 – ihre allerliebste Zahl.

Na bitte! Sie hätte es wissen müssen!

Dirk-Uwe Becker

Winterfahrt

Sie fand den Fiaker gleich vor dem Stephansdom. Die ehemals schönen schwarzen Pferde in ihrem stumpfen Zaumzeug bliesen aus geweiteten Nüstern Rauchfahnen in die Luft. Ihre ausgemergelten Körper erinnerten Katharina an eine Statue des Gottessohnes, die in ihrer Pfarrgemeinde über dem Altar am Kreuz hing, ausgemergelt und mit gesenktem Kopf. Der Kutscher saß mit einer verschlissenen Decke um die Knie auf dem Kutschbock und schien zu schlafen.

„Entschuldigung!", sprach Katharina den Mann an und war überrascht, als er schnell die Augen aufschlug und zu ihr herunter starrte. „Ich … ich wusste nicht, ob Sie frei sind …", stotterte Katharina und fühlte trotz der Kälte, wie ihr das Blut heiß zu Kopfe stieg. „Keine Ursache!", entgegnete der Mann und wickelte sich aus der Decke. „Soll ich Sie irgendwo hinfahren?" Katharina überlegte kurz. „Ich möchte zum Haus meiner Großeltern. Einfach raus aus Wien, aufs Land und in den Winterzauber." Sie hatte tatsächlich „Winterzauber" gesagt. Ihre Mutter benutzte dieses Wort, wenn sie an Heiligabend zu den Großeltern unterwegs waren und durch verschneite Felder und über zugefrorene Bachläufe fuhren. Die Bäume hatten ihr schönes grünes Sommerkleid verloren und versuchten nun, sich mit weiß angemalten Ästen und

Stämmen in dieser Winterlandschaft einzufügen.
„Es ist wie mit den Schneekugeln“, seufzte ihre
Mutter dann. „Wenn man sie schüttelt, steht die
Welt erst Kopf und dann dreht man sie wieder gerade und es schneit, wie von Zauberhand.“ Katharina hatte sich in dieses Bild verliebt. Der Kutscher half ihr beim Einsteigen in den Fiaker. Das
Verdeck war hochgezogen. Auf der Bank lagen
Decken, von denen sie eine nahm, um sich darin
einzuwickeln. Das brüchige, alte Leder knarrte, als
sie ihre Position wechselte. Wie viel Freude, wie
viel Leid und Trauer, wie viel Erwartung und wie
viel Enttäuschung mag sich im Laufe der Zeit in
den tiefen Poren dieses Leders angesammelt haben? Bevor das Leder auf ihre Frage antworten
konnte, setzte sich der Fiaker in Bewegung. Die
Stimme des Fiaker-Fahrers wurde in Katharinas
Kopf immer leiser und leiser, bis sie ganz verklun-
gen war und einer verschwommenen Erinnerung
Platz machte, die sie schon lange begraben geglaubt hatte.
Als ihre Großmutter im Sterben lag, versammel-
ten sich alle Familienmitglieder um ihr Totenbett.
„Komm her, Kathrinschen“, flüsterte die Alte und
winkte Katharina heran. „Du musst … du musst
aufpassen, dass ich neben meinen lieben Rudolf
beerdigt werde. Ich war so lange alleine. Jetzt, im
Tod, möchte ich wieder mit meinem Mann zusammen sein!“ Großvater Rudolf war vor dreißig
Jahren bei einem Jagdunfall ums Leben gekom-

men. Katharina ergriff die knochige, zitternde Hand, die ihre Großmutter ihr entgegen streckte. „Ich verspreche es!", murmelte sie leise, obwohl sie wusste, dass sie ihr Versprechen nicht würde halten können. Großmutter kam die letzten Jahre nicht mehr aus dem Bett heraus. So hatte sie auch nicht mitbekommen, wie das Grab ihres Ehemannes nach Ablauf der Liegefrist eingeebnet worden war. Man ließ ihren Sarg in eine frisch ausgehobene Grube hinab. Unter dem Stein, der den Namen beider Eheleute trug, ruhte sie alleine.

Die Kutsche hatte mittlerweile die Altstadt hinter sich gelassen und folgte einer der Ausfallstraßen. Noch zogen beiderseits Wohnblocks und Häuser vorbei, die den verblichenen Charme kaiserlicher Zeiten widerspiegelten. Aber sie wurden weniger und bald abgelöst von Mietskasernen und verwahrlosten Grundstücken. In fast jedem Haus brannten Kerzen im Fenster, es war schließlich der vierte Advent, die soundsovielte Ankunft des Erlösers stand bevor. Als ob dies ein Grund zum Sterben wäre, hüllte sich die Landschaft in ein weißes Linnen. Trotz dicker Decke begann Katharina zu zittern. Der Kutscher hatte unterwegs öfter mal zur Schnapsflasche gegriffen. Als er ihr auch einen Schluck anbieten wollte, lehnte sie dankend ab und war wieder in einen Wachtraum versunken.

Eine weiße Leinendecke. Katharina erinnerte sich. Ihre Großmutter bewahrte sich trotz ihres Alters und des eingefallenen Gesichtes immer eine Art innerer Würde und Schönheit. Wenn es in meiner Macht stehen würde, sinnierte Katharina, hätte ich Großvater und dich eng umschlungen in dieses weiße Laken eingewickelt. Unter freiem Himmel, nicht mit Zentnern von Erde bedeckt. Bei den Tieren auf dem Felde, die ihr so liebtet, und in der Nähe des Waldes, von dem ihr mir märchenhafte Geschichten zum Einschlafen vorgelesen habt. Ich habe euch viel zu selten gesagt, wie wohl ich mich gefühlt habe und ihr werdet nie erfahren, wie sehr ihr mir jetzt fehlt. Aber ich wünsche euch beiden, dass ihr zusammen in die Ewigkeit reist, nur zu zweit und ohne die Hülle, die euch in der letzten Zeit eures Lebens so viele Schmerzen bereitet hat. Ich werde der Vogel sein, der jubiliert, wenn er wieder einmal eure Wege kreuzt.

Als der Abend seine langen Schatten über die Landschaft warf und das Weiß seine Farbe verlor, verdunkelten sich auch Katharinas Augen.

„So, mein Fräulein, wir sind jetzt am Haus Ihrer Großeltern angekommen. Möchten Sie aussteigen?" Als der Kutscher sich zu seinem stummen Fahrgast umdrehte, schien die Frau reglos in eine Decke eingehüllt zu schlafen. Ihre Augen waren weit geöffnet. Zwei Mondlichtreflexe tanzten darin.

Ellen Balsewitsch-Oldach

Scharfe Küche

Aber gern, Herr Dr. Degenhardt ... Offenbar hat sich nichts geändert in den letzten drei Jahren. Obwohl die Kantine des Konzerns für Führungskräfte extra hochwertig kocht, kommen die Herrschaften oft in diesen Imbiss. Sogar jetzt, wo drumherum der Weihnachtsmarkt tobt. War ja auch schon immer ein Treffpunkt, um Geschäfte auszuhandeln, bei denen man schnell mit einem Bein im Knast steht – wenn man nicht gerade einen passenden Sündenbock findet ... Ja, Herr Doktor, schauen Sie mich ruhig gründlich an, ich glaube nicht, dass Sie mich wiedererkennen! Drei Jahre Knast können dem Aussehen schon gewaltig zusetzen. Und dann auch noch mein Vollbart, fast wie der Nikolaus, nicht wahr? Ludwig Cyril Ferdinand de Ville sieht nicht mehr so aus wie damals, als Sie und Ihre feinen Kumpane ihm diese windige Hedge-Fonds-Sache in die Schuhe geschoben haben und er für Ihre kriminellen Machenschaften wegen Betrugs in besonders schwerem Fall für drei Jahre ins Gefängnis musste. Indizienprozess. Ja, Ihre Spuren haben Sie gut verwischt, aus der Nummer kam ich einfach nicht raus. *Noch etwas mehr Fleischsauce? Aber gern, Herr Dr. Degenhardt!* Wundern Sie sich ruhig, woher ich Ihren Namen kenne – das gehört natürlich mit zum besonderen Service meines Hauses!

Als ich wieder frei war, war ich nur noch ein Ex-Knasti mit Vorstrafe und am Existenzminimum, aber ich hatte auch Glück – im Knast hatte ich Kochen gelernt. Ich durfte mich wegen guter Führung sogar fortbilden, weil ich besonderes Interesse dafür zeigte. Ist auch ein tolles Fachgebiet, das Kochen. Besonders scharfe Gerichte hatten – und haben – es mir angetan. Ihnen offenbar auch … *Schmeckt Ihnen denn das Chili, Herr Dr. Degenhardt? Danke sehr, das freut mich!* Tja, und mein Bewährungshelfer war so überzeugt von mir und meiner Kochkunst, dass er mir geholfen hat, diesen Imbiss hier zu bekommen. Was für ein glücklicher Zufall – für mich jedenfalls –, dass der damalige Betreiber gerade aufgeben musste. *Danke der Nachfrage, Herr Dr. Degenhardt, doch, das Geschäft läuft gut, besonders jetzt in der Adventszeit, ich bin zufrieden!* Eigentlich ist dir das doch völlig Wurscht, du arroganter Egozentriker! Aber irgendetwas an mir irritiert dich, nicht wahr? *Ja, dann danke ich für Ihren Besuch, Herr Dr. Degenhardt, und kommen Sie bitte recht bald wieder!* Das hoffe ich wirklich sehr – und wenn dann auch noch Ihre Kumpels mit dabei wären… *Entschuldigung bitte, was sagten Sie gerade, Herr Dr. Degenhardt? Wann es wieder mein Spezialgericht gibt? Sie möchten gern Ihre werten Herren Kollegen mitbringen? So als kleine Outdoor-Weihnachtsfeier? Das ist mir doch eine Ehre und eine Freude! Wann möchten die Herren denn kommen? Über-*

morgen? Perfekt! Dann auf alle Fälle dreimal Satan's Braten! Sehr, sehr gern, Herr Dr. Degenhardt! Einen schönen Tag noch, einen geruhsamen 4. Advent – und bis dann!

Oh ja, mein Spezialgericht für diesen speziellen Fall habe ich lange und sorgfältig geübt. Es hat ein bisschen gedauert, bis ich die Zutaten in der optimalen Qualität zusammenhatte, aber über meine neuen Kontakte aus dem Knast war das dann doch gar nicht so dramatisch.

Sie und Ihre Herren Kollegen werden jedenfalls nichts schmecken, Herr Dr. Degenhardt – und auch später wird nichts Auffälliges an dieser Henkersmahlzeit festzustellen sein. Ein Meisterwerk aus

Lu. Cy. Fer. Devil's Hot Kitchen.

Dirk-Uwe Becker

An einem stillen Herbstabend …

… sitzt ein Mann in einem verschlissenen Kittel auf einer Bank unter einem alten Olivenbaum. Der Mond hat Silberfäden über die Landschaft gelegt, der Nachteule ein weißes Gewand übergeworfen und die Bank mit leuchtenden Arabesken überzogen. Es ist gut so wie es ist, denkt der Mann und lässt seinen krummen, alten Rücken mit den Arabesken verschmelzen. Sein Tagewerk ist vollendet. Die letzten Besucher haben sich in ihre unterirdischen Reiche oder ihre astfernen Schlafplätze nahe dem Himmel zurückgezogen. Nun kann auch er endlich Ruhe finden, die Augen schließen und – gehen.

„Opa, die Bäume haben ja gar keine Blätter mehr!" Die Stimme eines Mädchens drang an sein schlafendes Ohr. „Was?" Er richtete sich mühsam aus dem Stuhl vor der Staffelei auf, vor der er eingeschlafen sein musste. „Die Bäume", das Mädchen drehte sich im Kreis und zeigte dabei in die Landschaft. „Die Äste an den Bäumen sind kahl. Keine Blätter. Das ist nicht schön!" Nein, dachte der alte Mann, hob einen Pinsel vom Boden auf und stellte ihn in den Farbtopf zurück. Das ist nicht schön. Und das gehört sich auch nicht. Nicht jetzt, zu dieser Jahreszeit. „Weißt du, Claire", sagte er zu seiner Enkelin, „der Sommer war lang, heiß und trocken. Die Bäume, die Tiere, die Landschaft haben alle unter dieser Dürre gelitten, wir Menschen auch." Claire lief in die Küche und kam mit einem Glas Wasser zurück. „Hier, Opa, damit du nicht mehr gelitten sein musst." Der alte Mann lächelte. „Danke, Claire, aber mir geht es noch gut. Ich kann mir Wasser aus dem Supermarkt besorgen, aber die anderen hier, die Bäume, Tiere und Pflanzen, die müssen mit dem leben, was die Erde ihnen bietet." Er beugte sich zu dem Mädchen hinunter. „Siehst du diese tiefen Risse im Boden, Clairchen?" Das Mädchen nickte. „Die Haut der Erde beginnt zu schrumpfen und sich zusammenzuziehen. Sie reißt auf, wenn niemand sie pflegt." Das Mädchen begann, auf dem rissigen Boden herumzuhüpfen. „Dann pflege du sie doch, Opa!" Wenn ich das nur könnte, dachte der Alte. Er hatte es versucht. Er hatte Briefe geschrieben. Er hatte mit Politikern gesprochen. Er hatte Vorträge an Schulen und Universitäten gehalten. Er wurde sogar einmal in eine Talkshow eingeladen. Nach seinem Auftritt aber nicht wieder. Zu verstörend, hatte ihm die Sendeanstalt mitgeteilt. Auch die Zeitungen hatten ihm keinen Platz mehr eingeräumt. Katastrophenszenarien gäbe es genügend in den Nachrichten, da wäre er nicht mehr erforderlich. „Kannst du denn nichts machen, Opa? Du bist doch Künstler!" Seine kleine Enkelin klang verzweifelt. Das gab ihm einen tiefen Stich ins Herz. Gerade die Kleinsten, sagte er zu sich selbst. Die Wehrlosen. „Bitte Opa! Male den kahlen Äs-

ten an den Bäumen neue Blätter an. Bitte, Opa!"
Der alte Mann erhob sich mühsam von seinem Stuhl. Zu lange schon hatte er nur dagesessen. Nichts getan. Nachgedacht und nichts getan. Es ist an der Zeit, zu agieren und nicht immer nur zu reagieren. Er ging in die Waschküche, wusch sorgfältig seine Pinsel aus, holte sich ein Glas mit frischem Wasser und nahm die Malpalette in die Hand. „Was soll ich denn malen, Claire?" Die Kleine hüpfte aufgeregt um ihn herum. „Alles, Opa! Alles, was dir einfällt und die Bäume fröhlich macht." Da begann der alte Mann mit dem ersten Blatt. Sein Pinsel hauchte ihm Farbe ein. Etwas Grün. Etwas Gelb. Etwas Rot. Schlag auf Schlag folgte bald ein Blatt dem anderen. Er malte wie besessen. Ohne Pause. Seine Enkelin stand neben ihm und staunte. So hatte sie ihren Großvater noch nie malen sehen. Jedes Blatt, das er fallen ließ, bevor er sich einem neuen widmete, sammelte das Mädchen auf und lief zu irgendeinem kahlen Ast, um es dort anzubinden. Der Hain mit den alten Bäumen, die sich wie mahnende Hände kahl und knöchern in den Himmel streckten, wurde mit jedem Pinselstrich, mit jedem Lauf des Mädchens, bunter und bunter. „Mehr, Opa! Mehr!", schrie das Mädchen, wenn es nach Luft hechelnd zurückgelaufen kam. „Da sind noch so viele!"
Die Sonne hatte ihre Glutbahn über die Landschaft gezogen und bereitete sich auf die Nacht vor. Der Mond würde sie ablösen, etwas Kühlung

verschaffen. „Wir haben es gleich geschafft, Opa!",
drang die Stimme weit weg aus dem Hain an das
Ohr des Alten. Ein letzter Pinselstrich. Das Blatt,
noch nass, fiel zu Boden. Der Pinsel entglitt seiner
Hand. Er lehnte sich zurück. Hatte es gereicht? Er
wusste es nicht. Das Mädchen, seine Claire, würde
es ihm bestimmt sagen können. Jetzt war er müde.
Ausgelaugt. Wie der Boden. Kein Wasser in der
Nähe. Nur der Maltopf. Egal, dachte er, langte
zum Gefäß hinunter und setzte es an seine Lippen.
Das war mehr, als man den Tieren und Pflanzen
gönnte. Er faltete die Hände in seinem Schoß.
Vielleicht würde auf seinem Grabstein stehen:
*Sepp Témber, Kunstmaler, der den Bäumen ihr
buntes Kleid wiedergegeben hat, im Herbst nach
einem Sommer, als die Erde aufbrach und selbst
der Kühle Glanz des Mondes keine Linderung
brachte.* Das gefiel ihm.

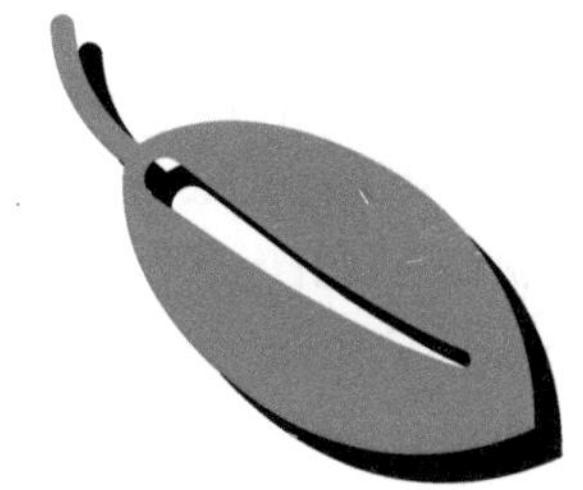

Ellen Balsewitsch-Oldach

Tief Tannengrün

Lena war spät dran, Marianne wartete schon im Café. Atemlos ließ sich Lena auf den Platz am Tisch ihrer Freundin fallen.

„Sorry, mir ist der Bus vor der Nase weggefahren", entschuldigte sie sich.

„Kein Problem", antwortete Marianne und musterte Lena eingehend. „Sag mal, du wirkst etwas mitgenommen – ist alles in Ordnung?"

„Wieso?", fragte Lena zurück.

„Na ja – du siehst etwas müde und blass aus, ja, irgendwie nackt …"

Lena lachte und meinte mit einem Anflug von Stolz: „Ach, das meinst du! Ich bin nicht geschminkt, kein bisschen, nicht mal Puder, Wimperntusche und Lipgloss."

„Ja, dann liegt es daran. Ist komplett ungewohnt. Hattest du keine Zeit mehr fürs Make up?"

„Nein, das ist es nicht – ich brauch das alles nicht mehr! Als Frau sollte man doch akzeptiert und respektiert werden, wie man ist – ohne all das Schickimicki, eben ganz natürlich!"

Marianne staunte. „Was ist denn in *dich* gefahren? Beim letzten Mal hast du dich noch so über deinen neuen Kajalstift gefreut – ‚Tief Tannengrün, perfekt zu meinem neuen Winterpullover und dem passenden Schal!' Du hast regelrecht geschwärmt. Und stimmte ja auch, du sahst einfach toll aus. Da waren *einige* Männer, die sich nach dir umgedreht haben!"

„Das mag ja sein, aber …" Geheimnisvoll senkte Lena die Stimme. „Du bist die erste, der ich es erzähle: Ich habe einen neuen Freund – und der will mich so, wie ich bin – ungeschminkt und ganz natürlich! Ein völlig neues Gefühl der Freiheit, sag ich dir! Neulich war er sogar ein bisschen ungehalten, als ich in Gedanken mal wieder roten Lipgloss benutzt hatte." Verträumt blickte Lena zur Decke.

„Aha", bemerkte Marianne trocken. Sie persönlich hielt es ja für eine größere Freiheit, sich freiwillig zu schminken (oder eben auch nicht), als sich von einem Freund Make-up praktisch verbieten zu lassen. Aber darauf würde sie jetzt besser nicht weiter eingehen.

Lena schüttelte Mariannes Arm. „Hej – bist du meine Freundin oder nicht? Freu dich doch mal eine bisschen für mich!"

„Tu ich doch, du Doofe!", lachte Marianne und drückte Lenas Hand. Lena blickte auf ihre Armbanduhr. „Oh, Marianne, bitte entschuldige, wenn ich dich jetzt auf der Stelle hier sitzen lasse! Konrads Büro ist im Haus gleich nebenan. Sie haben in der Firma heute Weihnachtsfeier, die soll aber pünktlich um sechs Uhr zu Ende sein, also ziemlich bald. Ich möchte ihn so gern damit überraschen, dass ich ihn abhole!"

„Ja, ja – lauf du nur", grinste Marianne kopfschüttelnd ihrer Freundin hinterher, die schon aufgesprungen und zum Ausgang gerannt war.

Lena betrat den Flur des Firmengebäudes. Es war ziemlich dunkel dort – anscheinend die Nachtbeleuchtung. Und still war es. Waren die Kollegen etwa alle schon weg? Nach gerade beendeter Weihnachtsfeier sah das jedenfalls nicht aus. Und wo war eigentlich Konrads Büro? Aus einer der Türen im Flur fiel ein hellerer Lichtschein. Stimmen waren zu hören. Behutsam näherte sich Lena dem Raum. Sie spähte durch die halb offene Tür und konnte zwei Personen erkennen – auf dem Tisch neben dem Firmenkopierer, kaum noch bekleidet, in enger Umarmung und in heftiger Bewegung. Der Mann stöhnte: „Du bist so ein verdammt heißes Weib!" Der Mann war Konrad. Die Frau kannte Lena nicht. Aber die Farbe des Lidschattens auf den ekstatisch geschlossenen Augen der Frau kannte sie: Tief Tannengrün. Ihr leidenschaftlich geöffneter Mund schimmerte, wie Lena unwillkürlich registrierte, im Farbton „Wilde Beeren".

Lena unterdrückte einen Aufschrei und schlich zurück zum Ausgang. Das Gesehene musste sie erst mal ganz für sich verdauen, für spontane Szenen war sie einfach nicht der Mensch. Aber in ihr brodelte es. Dieser Heuchler sollte ihr nochmal unter die Augen kommen! Mord? Kastration? Auf alle Fälle eine eiskalte Abfuhr – in voller Kriegsbemalung, versteht sich, nur ohne tief tannengrünen Kajal. Denn genau das war sie diesem Verräter und seiner verlogenen Philosophie in keiner Hinsicht mehr: *GRÜN!*

Dirk-Uwe Becker

Schöne Bescherung

Gesa hakte nachdenklich die Zeilen ab. Oh Wunder, sie hatte wirklich an alles gedacht. Die einzige, noch nicht durchgestrichene Notiz war: Hundekuchen in Weihnachtsform? Ja, das könnte schwierig werden, dachte sie und ergänzte auf dem Zettel: Besonderes Spielzeug? Aber da sollte Manfred, ihr Mann, sich jetzt drum kümmern. Mit den Vorbereitungen für das Fest hatte Gesa schon genug am Hals. Es gab in diesem Jahr eine besondere Vereinbarung: Gesa, und zwar nur sie, war für das Weihnachtszimmer und den Festbraten zuständig; Manfred hingegen für alles außerhalb des Hauses – und den Hund natürlich. Harry, ihr „Kinder-Ersatz", war ein verspielter zweijähriger Terrier und fühlte sich sonderbarer Weise gleich zu Manfred hingezogen, obwohl Gesa ihm von Anfang an immer die schönsten Chappi-Kreationen vor die Nase gesetzt hatte. Vielleicht war sie zu streng mit dem Hund, wenn er durch das Haus tollte. Manfred hingegen fand es „spaßig", dass Harry wie ein Wirbelwind durch alle Räume fegte oder er mit ihm im Garten das Stöckchen-Spiel trainieren konnte. „Eine vollständige Hunde-Elf für die nächste Spielsaison kommt mir aber nicht ins Haus!", meinte Gesa scherzend, während Manfred grinsend den fast durchgekauten Stock in das frisch geharkte Beet des Nachbarn warf. „Du übernimmst Harrys Verteidigung“, sagte Gesa und zog kopfschüttelnd die Terrassentür hinter sich zu.

Der Heilige Abend war angebrochen und eine dicke Pute brätzelte sich gerade in der Kasserolle im Ofen auf. Zeit also, fand Gesa, sich um die festliche Einrichtung des Weihnachtszimmers zu kümmern. Der Tannenbaum habe zwar leicht „Rücken“, wie sie Manfred vorwarf, als er gestern damit vor der Haustüre stand. Dafür habe er aber auch nur die Hälfte gekostet, entgegnete ihr Mann kleinlaut. Auch gut. Für Gesa war ein Weihnachtsbaum nur die Grundierung für die Festlichkeit. Kugeln machten ihn erst zum Schmuckstück – und das Lametta und die Schokokringel und die besonders schicke, weil teure, Baumspitze aus mundgeblasenem Glas. Vorsichtshalber hatte sie die Tanne nicht vor dem Kamin (Feuergefahr!) sondern zwei Meter weiter rechts im linken Bereich des breiten Wohnzimmerfensters platziert. Sollten doch den Fußgänger draußen auf dem Gehweg die Augen aus dem Kopf fallen, wenn sie den Baum erst fertig geschmückt hätte! Auf der rechten Seite des Fensters, und zwar außen, hatte Manfred einen großen Count-down-Zähler mit weihnachtlichen Motiven installiert. Die „24“ blinkte hektisch in wechselnden Farben, als ob das Gerät kurz vor der digitalen Himmelfahrt stünde. „Nun wissen auch die Dümmsten, dass Maria schon im Kreißsaal liegt“, murmelte Gesa kopfschüttelnd. Aber was sollte es? Sie hatte ihre Kartons mit der Weihnachts-Deko und die elektrische Lichterkette vor dem Baum ausgebreitet und konnte sich nun beruhigt als weihnachtliche Maskenbildnerin betätigen. Ihre Augen glänzten. „Fantastisch, mein Herz!" Manfred wischte sich genüsslich die Lippen mit der Serviette ab. Vom Festbraten waren nur noch die Knochen übrig. „Untersteh dich, die an Harry zu verfüttern. Geflügelknochen sind Gift für Hunde!", hob Gesa warnend den Finger. „Keine Sorge", beschied Manfred ihr. „Ich habe für Harry ein besonderes Geschenk besorgt!" Er ging in sein Arbeitszimmer und kam gleich darauf mit einem Päckchen in Geschenkpapier zurück. „Maria, Josef und Jesus als Hundekuchen?", fragte Gesa ironisch. „I wo!", grinste Manfred und schob Harry das Geschenk vor die Nase. Etwas irritiert umkreiste Harry mehrfach das unbekannte Ding, das nicht zum Fressen aussah, aber ausnehmend gut roch. „Ich habe das Teil, das darin eingepackt ist, bei unserem Bio-Bauern kurz in einem frischen Kuhfladen gewälzt. Das mögen Hunde!" Gesa hatte das Gefühl, als würden die Teile der Pute, die gehfähig waren, sich langsam ihre Speiseröhre hocharbeiten. „Du hast – was?!", stammelte sie entsetzt. „In Kuhscheiße getunkt. Pass auf – ich zeig es dir." Manfred entwand Harry nach kurzem Kampf dessen Geschenk und riss die Verpackung auf. Etwas Grünbräunliches tropfte auf den Perserteppich, den Gesa anlässlich des Festes hatte reinigen lassen. Mit Daumen und Mittelfinger zog Manfred dann einen roten Ball aus dem Papierwust. „Da staunst du, was? Ein Flummy! Hatte ich mir immer zu Weihnachten gewünscht und nie bekommen, weil meine Eltern meinten, damit könne man zu viel Schaden an….“

Harry mochte es gar nicht, wenn andere mit seinem Geschenk spielen wollten und er nur zuschauen durfte. Ein kurzer Schnapp und der Flummy befand sich in Harrys Besitz. Was sollte er damit tun? Das hatte ihm sein Herrchen nicht erklärt, als sie vor drei Tagen schon mal damit herumgealbert hatten. Am besten … Harry neigte den Kopf zur Seite … „Nein, nicht“, schrien Geza und Manfred zeitgleich. Doch Harry wusste noch, wie Herrchen es ihm vorgemacht hatte. Kopf zur Seite, Schwung holen und Ober- und Unterkiefer weit öffnen. Der Gummiball knallte gegen die Wohnzimmerschrankwand, prallte von dort ab und löschte beim Höhenflug an die Decke im Kristallleuchter drei von sechs Energiesparlampen, ließ auf dem Kaminsims das eingerahmte Foto von Gesa als diesjährige Schützenkönigin in glitzerndem Glasregen verschwimmen und sauste auf den Weihnachtsbaum zu. Harrys Schocksekunde war sehr, sehr kurz. Dann machte er sich auf den Weg, dem flüchtenden Geschenk hinterher. Für die Schrankwand, die Zimmerdecke und den Kaminsims kam er zu spät. Also strengte Harry sich an, vor dem Flummy an der Tanne zu sein. „Oh, mein

Gott!" Gesa sank ohnmächtig von ihrem Stuhl herunter. Manfreds Augen verfolgten jedoch gespannt den Wettstreit zwischen Ball und Hund. Wer würde gewinnen?

Leider, liebe Leser oder Zuhörer, konnten wir hier den bundesligaweit eingesetzten Video-Beweis nicht zu Rate ziehen. Die Schiedsrichterin lag besinnungslos zwischen Knochenresten und Kuhfladensoße auf dem Perserteppich. Nur der Trainer war noch imstande, diesem packenden Finale zu folgen. Und Trainer sind bekanntlich ja sehr parteiisch. Es mögen sie nur Millisekunden getrennt haben, den Ball und den Hund, die fast zeitgleich den Weihnachtsbaum erreichten und in ihn eindrangen, von stets erneuerbarer kinetischer Energie beflügelt. Eine Tanne, die „Rücken" hat, kann diesem Elan nicht wirklich widerstehen. Demütig neigte sie sich der Fensterscheibe zu. Die kostbare mundgeblasene Spitze versuchte diesem Chaos zu entkommen, indem sie sich in glitzernde Partikel auflöste, wie auch ein Großteil der gläsernen Christkugeln. Nur das Lametta dämpfte etwas die Bewegungsenergie der beiden Kombattanten, leider nicht ausreichend.

Auf dem Gehweg vor dem Haus stand ein Vater mit seinem minderjährigen Sohn. „Guck mal, Papi – der Weihnachtsmann ist gerade angekommen. Aber es ist gar kein Mann und auch kein Mensch. Was habt ihr mir da für ein Märchen erzählt? Die Geschenke bringt ein Weihnachtshund am Heiligen Abend. Toll! Ich will auch einen!" Was sich den immer stärker zuströmenden Menschenmassen hier darbot, übertraf alle bisherigen und oft wiederholten Disney-Produktionen der Weihnachtszeit. Ein riesiges Fenster. Im linken Teil (von der Straße aus gesehen) hechelte sich eine „24" im immer schwächer werdenden Farbrhythmus ihrem Batterie-Infarkt entgegen. Im rechten Teil des Fensters schrägte sich eine Tanne ans Glas, die aus ihrem grünen Gewand bunte Christbaumkugel-Streusel herab rieseln ließ. Genau in der Mitte dieses havarierten Weihnachtsbaumes aber drückte ein struppiger Hund, dem irgendwer eine Weihnachtsmütze über die Ohren gezogen hatte, seine Nase an der Scheibe platt, und kaute auf einer kleinen roten Kugel herum. „Ist das …?", fragte der Mann mit dem Kind seinen Nachbarn neben ihm. „Genau!", entgegnete dieser. „Ein Flummy. Dass es so etwas noch gibt? Mir war es in meiner Jugend verboten. Aber heutzutage …" Ja, heutzutage ist es ungewiss, womit Kinder ihre Eltern mehr erschrecken können. Mit einem alten Gummiball, den sie „indoor" ausprobieren wollen oder indem sie Weihnachtsgeschenke nur noch von korrekt kostümierten Weihnachtshunden entgegennehmen.

Über die Autoren

Ellen Balsewitsch-Oldach

Jahrgang 1955, geboren und aufgewachsen in Hamburg, lebt und arbeitet als freie Autorin und Journalistin sowie als Verlegerin in Meldorf an der Westküste Schleswig-Holsteins. Ihre Kurzgeschichten sind in Anthologien verschiedener Verlage, in Literaturzeitschriften sowie in einem Band mit eigenen Kurzkrimis erschienen. Sie ist Mitbegründerin und Moderatorin des norddeutschen Literatur- und Kulturnetzwerkes Textfabrique51 und Mitglied in weiteren Schriftstellervereinigungen.

www.textfabrique51.de

Dirk-Uwe Becker

geboren 1954 im rheinischen Mönchengladbach, lebt als Autor, bildender Künstler und Sammler in Dithmarschen an der Westküste Schleswig-Holsteins. Er schreibt Lyrik und Prosa, hat sechs Lyrikbände, zahlreiche Beiträge in Literaturzeitschriften und in Anthologien im In- und Ausland veröffentlicht. Er ist Mitbegründer des norddeutschen Literatur- und Kulturnetzwerkes Textfabrique51 und Mitglied in weiteren Schriftstellervereinigungen.

www.textfabrique51.de